아흔 살 이제야 답을 찾다

아흔 살
이제야
답을 찾다

김학영 자서전

열린세상

차례

제3장 젊은 날의 자화상

제4장 건설인으로 살다

김학영(金鶴永) 친구!

그대와 나는 긴 세월을 같이 하며 울고 웃었는데, 그대가 벌써 구순(九旬)이 되어 생을 정리하는 회고록에까지 나를 끌어들이니 참으로 질긴 인연인 것 같소! 지나온 90여년 오랜 세월 동안 희로애락(喜怒愛樂)을 되새겨 책을 쓴다니 그대의 살아온 여정이 앞날이 불분명한 젊은이들에게는 좋은 길잡이가 될 것이라 확신하며 회고록 상재(上梓)를 축하하오.

그대는 열여섯의 어린 나이로 6.25 한국전쟁을 치르며 국군에게 실탄을 날라주어 조국을 방위하는데 일조한 국가유공자가 아닌가! 그대와 같이 반공정신이 투철한 청소년이 있었기에 오늘날 우리가 편안하게 살게 된 계기가 되었고 일찍이 청운의 큰 꿈을 품고 순창에서 홀로 상경하여 주간에는 구두닦이, 신문배달 등 궂은 일을 마다하지 않고 열심히 일하고, 밤이면 코피를 쏟으며 공부하는 주경야독(晝耕夜讀)의 노력이 있었기에 지난 세월을 회고할 수 있다고 생각하오. 이런 나이에 일찍이 인생을 깨달아 앞을 내다볼 줄 아는 혜안을 가졌기에 쓰러지면 일어서는 오뚝이처럼 백번이고 천 번이고 일어서는 그대의 철학과 근성이 오늘의 그대를 만들었을 것이라 확신하오.

이승만 정권의 장기집권을 위한 3.15 부정선거에 우리는 대학에서 공부하던 책을 덮고 '전국대학생총연맹'을 결성하여 목숨을 걸고 정권타도 투쟁을 하지 않았는가? 이것이 바로 4.19혁명으로 정치 역사에 길이 빛나는 횃불이 되었고 대한민국 민주화의 주춧돌이 되었지! 그러나 그 피가 마르기도 전에 5.16군사 쿠데타가 일어나자 불타는 정의감과 사명에 우리는 또다시 공부하던 책을 잠시 덮고 민주주의와 자유를 위해 얼마나 싸웠소!

민주주의의 선구자 김학영 친구!

당신은 항상 약자를 돕고 끌어주며 친구들을 보듬어 안은 정이 많은 친구였지! 또한 고향을 끔찍하게 사랑하여 순창향우회장까지 하면서 솔선수범하고 매사에 적극적으로 일을 하여 본보기가 되고 모든 사람들이 칭송하고 따르지 않았소. 사람은 뒷모습이 아름다워야 한다고 했는데 그대의 살아온 모든 일 모범이고 이정표와 같으니 후학들에게 규범이 되리라 확신하며 다시 한번 축하하고 노고를 치하하오!

끝으로 대한민국임시정부 주석이며 독립운동가 백범(白凡) 김구(金九, 1876.7.11~1949.6.26) 선생이 평생 좌우명으로 삼은 서산대사(休靜, 1520~1604)의 선시(禪詩)가 그대의 아름다운 뒷모습을 보고 읊은 시

11

같아서 소개하고자 하오!

踏雪野中去(답설야중거) 눈 내린 들판을 밟아갈 때는

不須胡亂行(불수호난행) 모름지기 그 발걸음을 어지러이 말라

今日我行跡(금일아행적) 오늘 걷는 나의 발자국은

遂作後人程(수작후인정) 반드시 뒷사람의 이정표가 될 것이리라

친구의 가정에 행운과 건강을 축원하면서.

조종익

현 한양 조씨 대종회 회장

전 제11, 12대 국회의원

전 한국광물자원공사 사장

전 충렬서원(포은 정몽주) 회장

　올곧게 90평생 살아오신 김학영(金鶴永) 회장님, 살아오신 발자취마다 우리 세대(世代)의 산 역사요, 고난(苦難)과 질곡(桎梏), 그리고 역전(逆轉) 드라마 같은 인생역정(人生歷程)이었습니다. 그 긴 세월동안 고난에 굴복(屈服)하고 좌절(挫折)할 법도 한데 굽이굽이마다 딛고 이겨내시며 자수성가(自手成家)하신 과거를 회상(回想)하실 수 있다는 것이 무척 자랑스럽고, 경향(京鄕) 각지(各地)에 흩어져 살고 있는 후배(後輩)들에게 큰 귀감이 되십니다.

　金會長께서는 어려운 환경 속에서도 불굴(不屈)의 굳은 의지로 학업(學業)을 마치고 국토건설(國土建設)의 근간이 되는 건설산업(建設産業)에 입문하여 줄곧 같은 길을 걸으며 중견 건설업체의 최고경영자(CEO)까지 매진(邁進)하여 일취월장(日就月將), 그 분야업계에서 거목(巨木)으로 성장하면서 많은 공적을 남기셨습니다. 金會長께서는 초급사원에서 CEO가 될 때까지 어느 곳에 계시든지, 없어서는 안 될 수처작주(隨處作主)의 주인정신으로 언제나 조직에서 능력과 인품을 인정받는 모범적인 인생을 살아오셨습니다.

　金會長께서는 의협심(義俠心)과 정의감(定義感)이 강하며 공사(公私)

가 분명히여 불우한 사람에게는 따뜻한 정을 베풀고 옳지 않는 불의(不意)와는 타협하지 않는 인품을 간직하고 계십니다. 현직에서 은퇴하신 후에는 어릴 때 떠나오신 고향에 대한 애정(愛情)이 남달라 출생하신 순창고을의 면 향우회와 군 향우회의 수장을 맡아 몸소 애향활동을 왕성하게 하시며 고향의 선·후배들에게 애향심(愛鄕心)을 고취(鼓吹)시켜주셨습니다. 金會長님의 애향심에 대한 칭송은 서울에 있는 향우들 뿐 아니라 고향에 있는 주민들 사이에서도 널리 회자되고 있습니다.

金會長께서 살아오신 인생역정을 생생하게 옮긴 이 회고록은 이 세대를 살아온 많은 사람들에게 공감을 주고 무척 보람되게 살아오신 인생에 대해서 경의(敬意)를 표하게 되며 후학(後學)들에게는 살아가는데 큰 가르침이 될 수 있는 지침서(指針書)가 되리라고 믿습니다.

金會長님, 고향 선배님, 앞으로 남은 여생(餘生), 백세 시대에 두 내외분 120세까지 지금보다 더욱 행복을 누리며 무병장수(無病長壽)하시기를 간절히 기원합니다. 후세를 살아갈 젊은 세대들에게 도움이 될 것 같아 도연명(陶淵明)의 명시 한 구절을 남기며 추천서를 끝맺을까 합니다.

成年不重來(성년불중래) 청년시절은 두 번 다시 오지 않는다.

一日難再晨(일일난재신) 하루에 새벽은 두 번 오지 않는다.

及時當勉勵(급시당면려) 시간이 없으니 서둘러 매진하라.

歲月不待人(세월불대인) 세월은 우리를 기다리지 않는다.

설균태

현 유네스코한국위원회 수석 특별위원

현 민주평화통일자문회의 중앙상임위원

현 여수·광양 항만공사 감사위원장

전 재경부 부이사관 정년퇴임

전 전북신용보증재단 이사장

전 경주 · 순창 설씨 대종회장

　어려서는 매일 먼저 기상하신 후 씻고 의복을 입으시고, 학교에 갈 자식들을 깨우시고 부지런히 출근하시는 아버지의 성실한 모습에 감동하였습니다. 누구에게나 겸손하시고 친절하신 자세가 자랑스러웠습니다. 아버지의 각별한 애국심은 일상에서 뿐만 아니라 대선 때마다 진지하게 관심 갖고 걱정하시는 말씀을 들어 왔기에 아버지 같은 분이 정치인이 되어야 나라가 더 잘 살게 된다는 정치적 관심도 갖게 하셨습니다.

　큰딸인 제가 중학생이 되면서 대학 졸업 때까지 생일 때마다 선물로 한국을 포함한 전 세계 최고 시인들의 시집을 사주셨습니다. 결혼으로 출가해 출산하고 직장 다니다가 풍요로운 삶을 두 딸에게 누리게 하겠다는 욕심에 창업을 하며 힘든 나날에 소중한 시집들이 어디로 갔는지 찾았으나 결국 찾지 못해 아쉽습니다.

　다섯 남매를 두신 일곱 식구의 가장이시며 출신 지역인 전라도의 형제와 누나 및 그 자손들까지 서울에서 자리 잡고 살고자 할 때 우리 집이 거쳐 가는 곳이 되면서 모든 지원을 위해 물심양면 최선을 다하시느라 단 한순간도 편하게 살아보지 못하신 아버지가 늘 안

쓰러웠습니다. 그렇게 힘든 짐을 불편해 하신 적 없이 안동 김씨 가문의 자손임을 강조하며 다섯 남매의 가정교육에도 신경 쓰셨는데, 지금 구순의 연세에도 여전히 가장 역할을 하고 있습니다.

　세상에서 가장 고마운 부모님, 상상하기 힘든 무거운 짐을 불평 한번 하시지 않고 달게 살아오신 아버지의 삶을 기록으로 남겨 영원히 기억하려 합니다.

큰딸, 김미현

존경하는 아버지에게

훌륭한 인생을 살아오신 것을 기록한 책을 기념하며 감사의 인사를 전하고자 합니다. 아버지의 경험을 바탕으로 써내려간 이 책은 캐나다에 살고 있는 저희 가족에게 큰 감동을 주었습니다. 우리 가족은 아버지의 가르침과 지혜를 배우고 간직할 것입니다.

아버지께서는 항상 가족과 주변 사람들에게 사랑과 지원을 아끼지 않으시는 분이셨습니다. 일제 시대에 태어나셔서 한국 전쟁과 4.19의거와 5.16 사태를 겪으시면서 누구보다 열정적으로 사신 아버지는 저희에게 삶의 소중함과 가치를 일깨워주셨습니다.

막내아들로 태어나 아버지의 따뜻한 미소와 정감어린 마음을 항상 기억하며 아버지에게 감사와 사랑의 마음을 전합니다. 아버지, 사랑하고 존경합니다.

막내아들, 김규선

나는 1935년 11월 15일에 전라북도 순창군 풍산면 죽곡리 160번지에서 삼남 일녀의 셋째로 태어났다. 내가 살던 곳은 안동 김씨가 처음으로 터를 잡고 살던 곳이 아랫대실로 불리다가 행정구역이 개편되면서 '하죽(下竹)'이란 이름의 부락으로 불렸다.

태어나던 해는 일제강점기로 일본의 강압적인 수탈을 경험했고, 1945년도에는 해방의 기쁨도 맛보았다. 1950년에는 6.25 한국 전쟁도 겪었다. 4.19부터 5.16 등 대한민국의 크고 작은 역사적 사건들이 일어났던 시대를 살아왔기 때문에, 부끄럽지만 나를 포함해 내 나이쯤 되는 사람들은 '역사의 살아있는 증인'이라 부르기도 할 것이다.

순창에서 초등학교를 거쳐 중학교를 졸업하고, 1953년 12월의 추운 어느 날 서울로 올라와 서울에서 고등학교와 대학교를 마쳤던 일. 6.25 전쟁 당시 직접적으로 전투에 참가해본 것은 아니었지만, 군경합동작전에 보급품 및 실탄 운반에 일조를 하였었다. 이후 군에 입대해서는 철원 앞에 있는 504고지 60mm 포진지에서 근무도 해보았고, 전역 후 복학을 해서 4.19 혁명의 한 귀퉁이에서 나 역시

19

수많은 사림들과 힘께 이승만 대통령의 하아에 입조를 했다는 자부심 같은 기억들이 바로 엊그제 있었던 일처럼 생생하다.

사회생활을 시작하면서 발을 딛게 된 건설업계에서 처음 삼강건설에 몸을 담고 일을 시작했다. 1955년 3월부터 2012년 8월 건설인의 삶을 마무리 지었던 구진산업개발에 이르기까지 군 복무 기간과 다니던 회사를 그만둔 후 쉬었던 몇 개월의 틈을 빼면 나는 근 오십여 년의 세월을 소위 말하는 '건설인'으로 살았다.

지난 세월은 내게 큰 흔적을 남기기도 했고, 희미해져 오래 고심해야 겨우 기억이 나는 작고 소소한 흔적들도 만들어 주었다. 지난 날들을 되돌아보니 내가 참 바보 같이 살았구나 싶다. 흔히 '바보'라 하면, 멍청하고 우둔하여 제 밥그릇 하나 제대로 챙길 줄 모르는 못난 사람을 떠올리게 된다.

나의 지난 삶이 그러했다. 돌이켜보면 일에 열중한 나머지 다른 소중한 무엇인가를 놓치고 살아온 삶이었다. 사회적인 성공은 거둘 수 있었으나, 남편으로서 아버지로서 제 가족 하나 애틋하게 살피지 못했던 지난한 삶이었다.

육신의 고통으로 인해 자꾸만 시들어가는 아내의 아픈 몸을 돌보면서 지난날 함께 하지 못했던 시간들이 못내 아쉽고 안타깝기만 하다. 나는 지금 이 순간에도 흘러가는 시간이 참으로 아쉽다. 어떻게 하면 이 시간을 잡아 아내와 아이들과 소중한 기억을 만들 수 있을지 자꾸만 욕심이 나는 것을 보니 영락없는 바보인 셈이다.

나를 아는 이들에게 아니, 가족들에게 만이라도 더 늦기 전에 일에만 매달렸던 지난날들의 나를 반성하고 미안한 마음을 전하고 싶다. 그리고 이제야 다시 사랑할 용기를 내는 내게 힘을 실어달라고 부탁해보고 싶다.

아흔을 목전에 둔 나이에 나의 이야기를 세상에 꺼내 보이게 된 건 이 땅에 이런 삶을 살아낸 이도 있었다고 이 세상 어느 한 귀퉁이에 나의 족적을 남겨두고 싶어서이다. 이런 용기를 낼 수 있게 힘을 실어 준 큰딸, 미현에게 한없는 고마움을 전하며 부끄러운 지난날들을 반추해보고자 한다.

세월에 부쳐

멈추지도 않고
나의 골진 세월이

21

<u>스스</u>로 흩리기고 있다.

지금 이 순간에도

나는 먼 언덕으로 달려가고

되돌아본 적 없이

달려가기만 한 세월 뒤에

이제야

한숨 돌리며

살아온 가을 되짚어 간다.

잘도 스쳐 지나가버렸구나

깊고 깊은 고향에 대한 그리움 하나

훨씬 더 이전에

세상에 이별을 고하신

곱디 고왔던 어머님에 대한 그리움 하나

휩쓸고 지나가는 회오리바람처럼

훌훌 날아가는 세월아

이제 쓸어버릴 수도 없는데

이제 다시 담아 꾹꾹 눌러 담을 수도 없는데

나의 세월을 바라보며

찬 서리가 내려 앉아

희끗희끗해진 머리끝까지

왈칵

눈물이 솟구치는 밤.

구순을 목전에 두고

야속하게 흘러가는 세월을 바라보면서.

이제 찬란한 새벽을 헤치고

저 멀리서부터 터오는 동을 맞이하러

다시, 시작을 꿈꾼다.

2023년 11월, 九旬를 앞두고

김학영

제1장

김학영의 뿌리

800년의 역사, 고려시대 명장 김방경(金方慶)의 자손

　역사를 잊은 민족에게 미래는 없다는 丹齋 신채호 선생님의 말처럼 나는 자신의 뿌리를 잊은 사람은 후손으로서 명맥을 잇기 어렵다는 생각을 갖고 있다. 현재의 자신을 있게 한 조상과 지금의 삶을 영위할 수 있게 만든 역사를 제대로 알지 못하면 어떻게 오늘을 살아가고, 내일을 준비할 수 있단 말인가! 때문에 나는 나의 뿌리를 한 순간도 잊어본 적이 없다. 나 자신을 이렇게 존재하게 하신 선조를 제대로 기억한다는 것은 '김학영'이란 이름 석 자에 담겨 있는 '뿌리'의 참뜻을 헤아리기 위함이다. 그리고 후손들에게 부끄럽지 않은 조상으로 남기 위해 노력하게 만들어 주는 것이기 때문이다.

　우리 집안 안동 김씨의 시조는 김숙승(金叔承) 선생이다, 김숙승 선생은 신라 경순왕의 네번째 아들인 김은열의 차남으로 고려시대에 공부시랑(工部侍郞), 평장사(平章事)를 지냈다. 공부시랑은 고려 때 6부의 하나인 조건의 공조(工曹)에 버금가는 지위로 정부의 실권을 가지고 있는 높은 벼슬에 해당된다. 평장사 역시 고려시대 중서문화성(中書門下省)의 정2품 간직으로 아무에게나 주어지지 않은 높은 자리라 한다. 김숙승 선생이 얼마나 훌륭한 위인이었는가를 가늠해 볼 수 있는 잣대가 되어주는 것이라 할 수 있다. 안동 김씨의 중시조는 고려 말경인 원종 때 시중과 삼중대관첨의중찬(三中大官僉議中贊)을 지내신 김방경(金方慶)선생이다. 경순왕의 9세손인 김방경 선생은 이름난 명장으로 삼별초와 일본 대마도를 점령한 후에도 일본 땅의 일부를 계속 점령하고 왜구를 물리치는 등 고려의 영토 확장에 혁혁한 공을 세우신 분이다. 김방경 선생의 업적은 정란정국공신으로 추앙받기에 충분하였고, 이에 시중(市中), 삼중대관의중찬(三中大官僉議中贊), 판전리사사(判典理司事), 도원수(都元帥)까지 오르셨고 훗날 상락군(上洛君)에 봉해졌다 한다. 김방경 선생이 맡으셨던 관직들은 당대의 세도가(勢道家)가 아니면 오를 수 없었던 자리이다.

시중은 고려 시대 최고 정무기관인 중서문하성의 수상직으로 종1품에 해당하는 벼슬이다. 흔히 우리가 알고 있는 조선 시대의 좌의정, 우의정에 해당되는 관직이기도 하다. 판전리사사는 고려시대 전리사(典理司)의 종1품의 최고 관직으로 왕의 절대적인 신임을 받는 자리이다. 도원수는 전쟁이 나면 임시로 군권(軍權)을 일임 받아 군대를 통솔할 수 있는 관직이다. 안동 김씨의 중시조이신 김방겸 선생이 맡으셨던 관직들은 오늘날로 따지자면 아마 국무총리나 부총리의 역할을 수행하셨던 것으로 판단된다. 이렇게 고려시대 역사에 한 획을 그으신 김방겸 선생을 시작으로 안동 김씨의 역사는 2023년 10월 9일 꼭 810년이 되었다.

方慶 손은 모두 15계파로 갈라졌는데, 그 중에 나의 선조는 서운관정공파(書雲觀正公派)이다. 여러 계파로 갈라진 안동 김씨 현세 손 중에서 서운관정공파인 나의 조상들이 전라북도에 터전을 잡게 된 계기는 다음과 같다. 서운관정공파의 4세손 계연 할아버지의 증손

사인 홍문 7세손께서 약 350년 전에 전남 영광에 원님(현 군수)으로 부임하셨고 일본인이 침략하여 한국인에게 폭정을 가하자 견디기 힘들어 피난길에 전북 순창군 풍산면 죽곡리 일대를 임시 피란처로 삼은 것이 지금의 터를 일구고 살아오게 되었다.

일제 강점기에 태어나다

나는 1935년 11월 15일에 전북 순창군 풍산면 죽곡리 160번지, 하죽 부락으로 불리는 곳에서 태어났다. 부친이신 김재덕(金在悳, 안동 김씨)선생과 모친 최양순(崔良順, 경주 최씨) 여사 두 분 슬하에서 3남 1녀 중 둘째 아들로 태어난 내 이름은 '김학영'(金鶴永)이다.

내가 태어났던 당시는 대한민국이 일본의 속국으로 묶여 있는 상태였고, 거의 모든 조선인들이 그러했던 것처럼 우리 가족 역시 먹을 것도 없고 입을 옷도 제대로 해 입지 못하는 궁핍한 삶을 살아야 했다. 1910년 8월 22일, 대한제국과 일본제국 사이에 한일 합병조약(合倂條約)이 강제로 체결되었고, 일주일 후인 8월 29일 실질적으로 조약이 공포되면서 대한제국의 국권이 상실되었다. 우리가 알고 있는 경술국치일(庚戌國恥日)이 바로 1910년 8월 22일이다.

일본은 조선인들을 통치하기 위해 1910년대에는 무단 통치라 하여 무력과 힘을 앞세워 조선인들을 탄압하였고, 1920년대에는 문화

통치라 하여 조선인들의 정신을 탄압하였다. 내가 태어나던 1930년 대 이후부터는 민족 문화를 말살시키고 조선 내에 있는 온갖 물자들과 자원들을 수탈해가며 한반도를 자신들의 야욕을 만족시키기 위해 수단과 방법을 가리지 않았다.

　내가 태어난 해를 전후로 조선총독부는 궁민구제토목사업(窮民救濟土木事業)이란 허황된 계획을 실행하고 있었다. 일본은 지독하리만치 강압적으로 사업을 추진했고, 수많은 우리의 청년들이 제대로 된 보수도 받지 못한 채 고된 노동의 현장으로 내몰려야 했다. 그러나 시골벽지의 경우 한 해의 농사일만으로도 빠듯한 실정이었다. 부모님은 물론 하죽 부락 사람들의 상황도 별반 다르지 않았다. 당장의 끼니를 걱정할 만큼 심각한 가난과 싸워야 했고, 먹을 것이 변변치 않아 굶기를 밥 먹듯 하면서도 손에서 일을 놓을 수가 없었다. 게다가 틈만 나면 정신을 말살시키려는 일본의 탄압에 신음해야 했다. 대표적인 것이 우리의 말과 글 대신 일본말을 사용하도록 했던 것과 조선인의 성과 이름을 일본식 성과 이름으로 바꿀 창씨개명(創氏改名) 이다.

　우리의 땅을 강제로 빼앗고 역사와 전통을 박탈하는 것으로도 모자라 조상이 물려주신 성씨까지 쓰지 못하도록 했던 것이다. 순사로 불리는 일본인 앞잡이가 수시로 마을 곳곳을 감시하러 나올 때면 미처 개명을 하지 못했던 주민들은 숨소리조차 내지 못하고 집안 깊숙한 곳에 숨어 있는 수밖에 없었다. 순사들은 창씨개명을 거부하는 마을 사람들을 향해 온갖 매질과 욕설을 가했고 군화발로 짓이겨 피투성이를 만들어 놓은 후에야 침을 뱉으며 돌아가곤 했다. 끝까지 성과 이름을 바꾸는 창씨개명을 거부했던 사람들은 쥐도 새도 모르게 어디론가 끌려가거나 노역에 시달리며 인간 이하의 취급을 받기도 했다. 일본의 탄압이 점점 더 심해지면서 우리 집 역시 창씨개명을 피할 방도가 없었다. 당시 나는 김학영 이란 이름대신 金田鶴永 가나다 각구에이란 이름을 강제로 부여받아야만 했다.

이런 시대적 상황도 있었지만 일본이 닥치는 대로 각 마을을 수탈하여 온갖 물자를 강제로 빼앗아 가는 바람에 가난은 더욱 심해져만 갔다, 가난함 삶을 살아야 했던 이들의 궁핍함은 앳된 아이들에게까지 그대로 대물림되는 것이기도 했다. 지금은 상상하지 못할 일이지만, 나이 네 살 때부터 땔감을 주우러 다녔으니 말이다. 걸어 다닐 힘만 있으면 일을 하지 않으면 안 되었다. 네 살짜리 꼬마 아이가 할 수 있는 일은 그리 많지 않았다. 힘든 농사일 대신 땔감을 주워 오거나 잔심부름을 하는 정도이기는 했지만 고사리 같은 손으로 불을 땔 나뭇잎이며, 나뭇가지들을 주워 모아 망태기에 짊어지고 있는 네 살 아이의 모습을 떠올려보라. 그 시절엔 나 같은 어린아이부터 이미 나이가 지긋해 농사일에서 손을 떼어야 하는 허리가 구부정한 노인들에 이르기까지 누구라도 부지런히 움직이지 않으면 안 되었다. 아마 자녀 한 명만 제대로 키우자고 더 이상의 자식을 낳지 않는 오늘날의 신세대 부모들에게 나처럼 어린아이가 망태기를 지고 다녔다는 이야기가 피부에 와 닿지 않을 지도 모르겠다. 어떻게 그런 어린아이에게 그런 일을 시킬 수 있느냐며 한숨부터 먼저 나올 테니 말이다. 하지만 그럴 수밖에 없었다. 집에서 놀고 있는 사람의 수가 많을수록 식구들이 배를 곯는 날이 늘어났고, 먹을 것은 항상 부족했으니 말이다.

겨우 네 살짜리, 걸음마에 익숙해져 있는 아이의 손으로 소에게 먹일 풀도 직접 베어 날라야 했다. 부모님께서는 행여 낮에 베여 크게 다칠세라 날이 무딜 대로 무디어진 낡은 낫을 손에 들려주셨지만 낫질에 익숙하지 않아 손끝을 베어 피를 보는 것은 예사였다. 그러나 상처에 바를 소독약이 있을 리가 없었다. 그렇게 살점이 베인 손의 상처에는 임시방편으로 된장을 발라 두거나 쑥을 찧어 붙이거나 하는 등의 치료가 고작이었고, 헝겊 쪼가리로 동여매는 것이 처치의 전부였다. 집안의 온갖 잡일부터, 이웃집에 무엇을 빌리러 가거나 물건을 가져다주어야 하는 부모님의 심부름까지 전부 내 몫이었다.

차남으로 태어난 죄

그 시절 부모님들은 장남 선호주의 같은 것이 있었다. 아마 대부분의 집들이 그러했을 것이다. 대를 이어야 한다는 인식은 아들을 선호하게 만들었고, 그 중에서 장남에 거는 기대가 가장 컸다. 손위 형님은 장남이라는 명분으로 힘들거나 고된 일로부터 늘 제외되는 특혜를 누렸다. 행여나 일을 하다가 잘못되기라도 하면 조상님들을 뵐 면목이 없기 때문이기도 했다. 배불리 먹지 못해 항상 주린 배를 움켜쥐고 있어야 했던 나와는 달리 가난한 집안 형편에도 불구하고 형님의 입으로 들어가는 음식만은 끊이지 않을 정도였다. 차남으로 태어났다는 이유만으로 나는 죄인 아닌 죄인이 되어야 했다. 먹고 싶은 것, 배우고 싶은 것, 입고 싶은 것, 그 철부지 어린아이가 하고 싶은 일은 모두 형님만이 하실 수 있는 일이었다.

한창 자랄 나이에 제대로 먹지 못했던 까닭에 나와 형님은 체구부터 큰 차이가 났다. 내가 작고 왜소한 체구였다면, 형님은 키가 크셨고 몸집도 좀 있으셨다. 그런 형님에 대한 부러움은 '왜 하필이면 둘째 아들로 태어났을까?'라는 회의감마저 들게 하는 것이었다. 양껏 배불리 밥을 먹는 것은 고사하고 날마다 계속되는 고된 노동에 머리를 베개에 가져다 대면 언제 그랬냐는 듯 쓰러져 잠이 들기 일쑤였다. 한참 키가 크고 덩치가 좋아질 시기에 먹을 것을 제대로 섭취하지 못하니 키가 작을 수밖에 없었다. 게다가 제대로 글자를 배울 기회조차 없었기에 동네 아이들에 비해 말문도 늦게 트였다. 한 살, 한 살 나이를 먹어감에도 불구하고 글자를 제대로 읽고 쓰지 못했던 것이다. 만약 형편이 넉넉했더라면 말문이 늦게 트인 나를 어떻게든 가르치려고 학교에 보내 주셨을 지도 모르겠다.

장남에게는 풍족하진 않더라도 배를 곯지 않을 정도의 음식과 함께 경제적인 지원도 이어졌다. 형님께서는 큰 무리 없이 학교에 진학을 하실 수 있었다. 아무리 형편이 어려워도 장남은 공부를 시켜야 한다는 부모님의 뜻에 따라 형님께서는 국민학교(현재는 초등학교)에 입학을 하셨지만, 차남인 나는 국민학교에 진학할 나이가 되어도 부모님께서는 학교에 가야 하지 않겠느냐고 물어 오시질 않았다. 우리 형편에 무슨 학교를 가나며, 배우는 건 장남이 해야 하니 차남인 네가 형의 몫까지 계속 집에서 일을 해야 하지 않겠냐는 것이 부모님의 생각이었던 듯하다. 나는 또래 마을 아이들처럼 책보를 등에 동여매고 국민학교에 가고 싶은 마음이 굴뚝같았다. 하지만 빠듯한 우리 형편에 공부는 장남만 시키면 된다는 부모님의 완고한 고집 앞에 번번이 진학의 꿈을 접어야만 했다.

어려서부터 장남이 아닌 차남으로 차별 대우를 받으면서 자란 까닭에 나는 장남 제일주의를 싫어하게 되었다. 어린 마음에 형님과 대놓고 나를 차별하시는 부모님을 원망했던 적도 있었지만, 지금은 그때 당시에 집을 일으켜 세울 수 있는 든든한 아들로 장남이신 형님을 믿고 의지하셨던 부모님의 마음을 어느 정도는 헤아릴 수 있게 되었다. 그럼에도 불구하고 나는 아주 어릴 때부터 내가 결혼을 하고 아이들 낳게 되면 절대 장남이며 차남이며 갈라놓고 차별하지 않겠다고 몇 번이고 다짐하곤 했다. 다섯 남매의 아버지가 된 지금, 그때의 다짐을 지키며 살아왔다고 감히 자부한다.

초등학교에 진학하다

땔감을 해오는 일부터 집안의 작은 일거리를 도맡아 하니 학교를 다니시는 형님이 그렇게 부러울 수가 없었다. 아침이면 산으로 향하는 나와 달리 책보를 허리춤에 질끈 동여매고 학교에 가는 형님의 뒷모습을 볼 때면 '아, 나도 학교에 가고 싶다'는 생각에 한숨이 새어 나오곤 했다. 하지만 언제까지고 부러워만 할 수 없는 노릇이었다. 이대로 계속 집안일만 하며 영영 학교의 문턱조차 넘지 못할 것이 분명했기 때문이었다. 크게 혼날 것을 각오하고 아버지께 학교에 보내달라며 사정하는 날들이 이어졌다. 우리 형편에 형님만 겨우 학교에 보낼 수 있으니 너는 그만 학교에 대한 미련을 버리라는 아버지의 한결 같은 대답이셨다. 그럼에도 나는 줄기차게 학교에 보내주기만 하면 어떻게든 제 힘으로 다녀보겠노라며 고집 아닌 고집을 부렸다. 이런 나를 두고 보다 못한 아버지께서는 부모 말을 듣지 않는다며 매를 드시기도 했다. 작은 체구에 회초리를 맞으면서도 끝까지 나는 학교에 가고 싶다는 뜻을 꺾지 않았다. 아버지께서는 좀처럼 뜻을 굽히지 않는 내 고집에 끝내 혀를 내두르며 어렵사리 학교에 가도 좋다고 승낙을 해주었다.

부모님에게 허락을 받은 후, 1943년 3월이 되자 나는 드디어 꿈에 그리던 국민학교에 진학할 수 있었다. 내가 학교에 가는 것을 허락해주는 대신 부모님께서는 조건을 하나 거셨다. 애초에 진학을 반대하였던 이유는 집안 형편 탓이기도 했지만, 내가 학교에 가서 공부를 하고 집으로 돌아오는 시간만큼이나 집안일이며 농사일이며 도울 손이 부족하다는 것이었다. "아버지, 국민학교에 입학만 시켜 주시면 지금보다 두 배, 세 배로 일을 열심히 하겠습니다"

몇 번이고 다짐을 한 뒤에야 떨어진 입학 허락이었기에 지금보다 곱절의 일을 해야 한다는 조건이 붙어 있었지만, 그토록 가고 싶었던 학교에 가서 공부를 할 수 있게 되었다는 사실만으로도 뛸 듯이 기뻤다. 하지만 그토록 원하던 입학을 하고 나서도 행여나 약속이 제대로 지켜지지 않으면 학교를 그만두라는 불호령이 떨어질까 늘 노심초사해야 했다. 고작 여덟, 아홉 살짜리 코흘리개 아이가 오직 학교에 다니기 위해 산이며 들에 지천으로 널려 있는 나무와 풀을 베다가 지게로 져서 나르고 있는 모습을 감히 누가 상상할 수 있겠는가? 국민학교 시절의 나는 비록 나이는 어렸지만 누구보다 열심히 살았던 세월로 기억하고 있다. 학교를 오가는 잠깐의 시간 동안 어떻게든 땔감을 많이 구하기 위해 나무와 수풀이 우거진 곳이라면 어느 곳이고 찾아다녔다. 또 소에게 먹일 여물을 넉넉하게 마련하기 위해 보이는 족족 풀을 베어야만 했다. 당시 나는 거름으로 쓰일 퇴비를 모아 나르고, 논밭에 뿌리는 힘든 일까지도 했다.

해방을 1년 앞두고 아버지가 돌아가시다

해방되기 직전까지 일본의 탄압은 계속되었다. 지금도 한일 양국 간의 갈등을 빚고 있는 위안부 문제는 남의 일이 아니었다. 전국적으로 내려진 위안부 강제 동원령에 따라 꽃 같은 처녀들이 전쟁터로 끌려가 일본 군인들의 성노리개가 되어야 했다. 전쟁이 확대되고 장기화됨에 따라 군수공장에서 일할 인력이 부족해 노동력을 충원하겠다며 내려진 동원령이었지만, 실상은 일본군의 성욕을 충족시켜 사기를 진작하려는 검은 속내가 고스란히 담겨 있는 정신대 강제 동원이었다. 10대부터 40대까지 미혼 여성을 대상으로 강제 징집으로 혼기에 이르지 않았던 나이 어린 소녀들을 자식으로 둔 이들은 서둘러 결혼을 진행하는 일이 다반사였다.

내 부모님께서도 하나뿐인 귀한 딸을 사지로 내몰 수 없었기에 누님이 열일곱 살이 되자마자 결혼을 서두르셨다. 이리저리 혼처를 수소문한 끝에 전남 담양군 무정면 안평리에 사는 매형 주영익(朱榮益)과 연이 닿았고, 아버지께서는 직접 매형 댁에 다녀오셨다. 그런데 매형 댁에서 돌아오신 직후, 먼 길을 서둘러 다녀오느라 몸에 무리가 되어선지, 아니면 오가는 길에 무슨 큰 충격을 받은 것인지 몰라도 시름시름 앓아 누우셨다. 매형 댁에서 돌아온 당일만 하더라도 아침식사를 하셨기에 가족들 모두 큰 걱정을 하지 않았다. 아침상을 물린 후 나는 산으로 나무를 하러 갔고, 누님은 베를 짜러 방안으로 들어갔다. 어머님은 빨래를 하러 동네 빨래터로 나가셨다. 그 후에 청천벽력 같은 일이 벌어졌다.

"학영아!!! 학영아!!! 퍼뜩 집으러 가거라." 동네 어르신들께서 산에서 나뭇가지를 주워 모으고 있던 나를 큰소리로 부르더니, 이내 집으로 서둘러 돌아가라는 말씀을 하였다. 급히 찾는 모양새를 보아 아마 집에 무슨 일이 생겼나 싶어 서둘러 산에서 내려가 집으로 향했다. 대문을 열고 들어서자마자 눈에 들어온 것은 고통스러워하며 신음하고 계신 아버지의 모습이었다. 동네 사람들이 하루아침에 앓아누우신 아버지를 두고 '주장(헛것에 휘둘렸다는 의미)'을 맞은 것이라 수근 거렸다. 멀쩡하던 사람이 갑작스럽게 이렇게 된 것이 귀신 때문이라 말하는 사람들의 말에 어머니께서는 굿을 하며 아버지께서 병석에서 일어나길 기원하기도 했다.

어머니는 이리저리 수소문하면서 몸에 좋다는 것을 모조리 구해다가 아버지의 회복을 위해 애를 쓰셨다. 하지만 아버지께서는 어머니의 정성과 가족들의 기도에도 불구하고 결국 소생하지 못하시고 1944년 음력 11월 22일에 한 많은 오십삼 년의 생을 마감하고 세상을 떠나셨다. 아버지께서 돌아가셨을 당시 나는 국민학교 2학년이었다. 이제와 생각해 보니 아버지의 병은 급성 맹장염이 아니었을까 싶다. 이제는 맹장염 같은 병은 병원에서 어렵지 않게 치료할 수 있는데, 당시 우리 집이 좀 잘 사는 집이었다면 병원에 모시고 가서 진찰을 받으시게끔 할 수 있었을 텐데 하는 생각에 인타깝기만 하다.

아버지께서 세상을 떠난 이듬해 대한민국은 일본의 패전과 함께 해방을 맞이했다. 이 얼마나 통탄할 일인가! 하얀 쌀밥 한 끼 제대로 자시지도 못하고 고생만 하시면서도 언젠가 광복이 될 것이라며 희망의 끈을 놓지 않으셨던 아버지께서는 그토록 그리던 해방을 한 해 남겨두고 돌아가신 것이다. 지금도 '한 해만 더 살다 가시지, 꼭 일 년만 더 사셨어도 아버지께서 오랫동안 바라셨던 조국의 해방을 보고 돌아가셨을 텐데…'란 생각이 앞선다. 모진 일본의 탄압에도 희망을 버리지 않으셨고 묵묵히 고되고 힘든 농사일에만 매달리면서 언젠가 해방된 조국에서 허리 한번 폈으면 좋겠다며 한탄하던 모습이 떠오른다. 그렇게 애타게 기다리던 해방의 날을 보고 돌아가셨으면 천추의 한이라도 풀고 가셨을 텐데 라는 안타까움에 눈물 짓곤 한다.

아버지께서 작고하신 후부터 나는 실질적인 집안의 가장 노릇을 해야 했다. 어머님께서는 아버지를 대신해 형님을 떠받드시며 행여나 불의의 사고라고 당해 대가 끊어질까 노심초사했던 까닭에 힘든 일을 형님께 맡기려 하시지 않았다. 아버지 살아생전에도 일 한 번 제대로 해본 적이 없던 형님께서 일을 하겠다며 논밭으로 나가겠다고 하면 어머니는 눈물부터 쏟으면서 만류를 하시곤 했으니 말이다. 때문에 집안에 일을 할 만한 사람은 어머니와 나뿐이었다. 살아생전 아버지께서 하셨던 모든 일은 고스란히 내 차지로 돌아왔다. 집안에 장정이라곤 형님을 빼곤 나뿐이었으니 이전까지 집안일이나 심부름만 도맡아 하던 내가, 아버지께서 해내셨던 큰일들까지 혼자 감당해야 했다.

여전히 남아 있는 일본의 잔재

아버지께서 작고하신 다음 해인 1945년 8월 15일 국민학교 3학년이 된 나는 "학영아, 드디어 해방되었다."라며 감격에 겨워 눈물을 흘리고 계신 선생님의 말씀을 전해들을 수 있었다. 라디오도 갖추고 사는 집이 거의 없던 시절이라, 나라 안팎의 소식을 들을 수 있는 곳은 학교나 면사무소 등이 고작이었다. 학교에 나가보니 선생님들이 눈물을 흘리시며 서로 얼싸안고 기뻐하고 있었다. 일본 황제가 항복 선언을 했고 해방이 되었으니 이제 더 이상 일본으로부터 핍박받지 않아도 된다는 것이다.

여전히 해방이 되었다는 사실을 실감하지 못했던 나는, 일본 황제의 항복 소식에 온 마을이 떠들썩하고 기쁨으로 얼싸안는 마을 어르신들을 보고 나서야 비로소 해방을 실감할 수 있었다. 어린 마음에, 이제 그 무섭고 치 떨리는 일본 순사들을 보지 않아도 된다는 생각만으로도 한없이 기쁘기만 했다. 나는 여전히 상당수의 일본 사람들에 대해 좋지 않은 감정을 갖고 있다. 일제 강점기 치하에서 그들의 강압적인 지배하에 억눌려 있던 우리 세대의 사람들이라면 아마 누구나 그러하지 않을까? 일본하면 가장 먼저 떠오르는 것이 시커먼 군화발로 지나가는 아무 죄 없는 조선 사람을 걷어차던 야만적인 순사의 모습이다.

과거에 대한 반성이나 사과 없이 오히려 적반하장으로 독도를 자신의 영토라 억지를 쓰고 있는 요즘의 일본을 보고 있자니 그때 그시절 수많은 조선인들의 피를 흘리게 했던 일본 제국과 별반 다를 것이 없다는 생각마저 든다. 일본은 지나간 과오에 대해 철저히 반성하고, 청산할 빚이 있으면 후손 대에 이르러서라도 기꺼이 상대방에게 보상을 해줘야 할 것이다. 그리고 대마도를 정벌해 고려의 영토로 삼으셨던 김방겸 선생의 후손으로서, 저들이 일말의 양심이라도 갖고 있다면 한국의 영토였던 대마도를 한국 사람들에게 되돌려주길 바라고 있다.

고향 순창군 풍산면에 대한 그리움

고향을 떠나온 지 73년이 훌쩍 지나갔지만, 나는 여전히 내가 살던 하죽 부락에 대한 그리움을 가지고 있다, 앞마당처럼 뛰어다니며 나무를 해가지고 왔던 산들과 힘들지만 고향 어르신들과 함께 고된 농사일을 하며 '情'을 나누었던 기억은 마치 어제 일처럼 생생하게 남아 있다. 나는 유독 산에 관한 기억들이 많다. 그도 그럴 것이 아주 어릴 때부터 나뭇가지를 줍기 위해 산을 오르내렸고, 학교를 다니기 위해 두 배로 열심히 집에 땔감을 공수하느라 일과의 대부분을 산에서 보냈기 때문이다.

내 고향 순창군에는 강천산이라는 해발 526m 높이의 산이 있다. 도립공원으로 지정된 강천산은 그 산세가 용이 꼬리를 치며 승천하는 모습처럼 보인다 하여 용천산(龍天山)이라는 또 다른 이름을 갖고 있다. 호남의 소금강이라 여겨질 만큼 산세가 수려하고 아름다운 경관을 자랑한다. 그러나 어린 시절에는 그저 먹고 사는 것이 바빠 산을 구경하거나 즐길만한 여유가 없었다. 내게 산은 그저 나무를 해가지고 올 수 있는 일터였고, 산에 올라야만 학교를 다닐 수 있는 여건이 되었기에 관광명소인 강천산에 대한 기억은 오롯이 명산이라는 기억밖에는 없다. 내가 살던 순창군 풍산면에는 설산과 옥출산도 유명하다. 설산은 멀리에서 산꼭대기를 바라보면 마치 눈이 쌓인 것처럼 하얗게 빛을 내는 까닭에 설산이라 불리며, 세종실록지리지와 신국동국여지승람에 기록되어 있다. 옥출산은 해발 224m의 산으로 풍산면에 널리 뻗어 있어 꽤 넓은 면적을 자랑한다. 과거 옥이 많이 났다고 하여 이름 붙여진 옥출산에는 지금은 흔적조차 남이 있지 않지만 옥을 보호하기 위해 토성을 쌓아 두었다고 전해진다. 고향의 산 이야기를 할 때면 땔감을 마련하기 위해 자주 오르내렸던 아미산과 배미산 그리고 회문산을 빼놓을 수 없다. 6.25

전쟁 당시 도벌작전이 벌어졌던 곳이고, 미야하나마 내가 토벌대의 잡일을 도우면서 오르내리던 산이었기 때문이다. 회문산은 설산이나 옥출산과 달리 꽤 높은 산이다. 산의 높이가 높은데다가 험한 산세로 사람들이 쉽게 오르내릴 수 없었기에 조선 말기에는 동학혁명과 구한말 의병들이 찾아들었고, 전쟁 때에는 지리산과 더불어 빨치산의 근거지가 될 만큼 험난했다. 1980년대에 남부군이라는 소설과 영화에 소개된 산 중의 하나이기도 하다. 당시 나는 체구가 작고 발놀림이 빨라 쉽게 눈에 뜨이지 않고 산속을 다닐 수 있었다. 학도병이라 비록 잡일과 심부름이 전부였지만 빨갱이들을 때려잡는 일에 동참했다는 자부심을 가지고 있다.

다시 살고 싶은 풍산 (豊山)

돌아갈 수 있다면
하얗게 서리 앉은 머리의 굴레를 벗어 던지고
유년 시절, 거기쯤으로
되돌아가고 싶다.

탯줄 묻어 두었던 고향 땅에서
벌거숭이 알몸이 되어
춤을 추고 싶은 시절,
구름을 타고 가며
그려보던 먼 훗날의 내 모습을
도화지에 곱게 칠해 보고 싶다.

작은 소망 하나도
쉬이 허락하지 않았던 그때지만,
긴 꿈에서 깨어난 새벽녘이면
하릴없이 자리를 깔고 앉아 고향 땅을 그려본다.
세상에 부대끼며 살아온 날들에

조금씩 이끼가 늘어만 가고
내 육신에 쌓여 가는 세월(歲月).

나는 돌아갈 수 있다면
유년시절, 거기쯤으로 되돌아가
아주 천천히, 산을 오르고 싶다.

하얀 구름 꽂이 무늬를 새겨 넣은 설산
귀하기 귀한 玉을 끌어안고 우리를 굽어보는 옥출산,
대대로 박꽃처럼 환하고 선한 마음들이 모여
마을을 이루고 살던 내 고향 豊山.

그때는 정녕 그때는
까마득한 천길 벼랑 끝을 내려다보며
태울 수 있는 나뭇가지가 아닌,
용이 하늘을 오르듯 천천히
끝에서 저 멀리 위쪽으로
시선을 옮겨보리라.

흐르는 세월을 잡을 수 없는 것이
세상의 이치이거늘

이토록 그리움 가득한 고향의 흙냄새가
아직도 진하게 전해져 오는 것을 보니
시간이 제아무리 화살처럼 흘러가도
鄕愁를 막지는 못하는 구나.

제2장

예고 없는 시련의 그림자

중학교에 가기 위해

해방이 된 후, 학년이 올라가면서 중학교에 가고 싶다는 생각이 커져만 갔다. 하지만 아버지께서 돌아가시고 안 계신 상황에서, 하루하루를 살아가는 것이 녹록치 않은 가난한 집안 형편은 쉽게 중학교 진학 문제를 입 밖으로 꺼낼 수 없게 만들었다. 만약 아무런 대책도 없이 무작정 중학교에 가고 싶다고 어머니께 말씀을 드렸더라면, "우리 형편이 이런데, 무슨 중학교냐? 그냥 국민학교만 졸업해도 충분하니 일이나 도우면서 집에 있거라." 라고 하며 반대를 하셨을 것이다.

이리저리 수소문을 하다 보니 중학교에 가기 위해서는 제법 규모가 있는 국민학교로 전학을 가서 그곳에서 중학교 입학을 하는 것이 유리하다는 것을 알게 되었다. 내가 다니고 있는 풍산국민학교보다 다니는 학생들이 많아 학급의 수도 더 많고, 중학교 진학률도 높았던 곳을 찾아야 했다. 인근 지역의 국민학교들을 일일이 찾아다니면서 내가 다닐만한 학교가 있는 지 알아보았고, 순창서국민학교로 전학을 가겠다고 결심했다. 당시 내가 전학을 가고자 했던 순창서국민학교는 현재 순창 초등학교의 전신인 곳이다.

6학년 1학기가 시작되었던 어느 봄날, 나는 어떻게든 학비를 내지 않고도 학교를 다닐 수 있는 방도를 마련하기 위해 무작정 순창서국민학교로 찾아갔다. 그곳에서 만나 뵌 분이 바로 안상은 선생님이었다.

"선생님 안녕하십니까? 저는 '김학영'이라고 합니다."

"학영군, 무슨 일로 여길 찾아왔나?"

"다름이 아니오라 제가 순창서국민학교로 전학을 오고 싶습니다. 그런데 학비를 마련할 방법이 없어 부탁을 드려보려고 찾아왔습니다."

내가 안 선생님께 드렸던 제안은 선생님 댁에 필요한 땔감을 조달해드릴 테니, 학교에 낼 돈을 대신 내주고 학교에 다닐 수 있게 도와달라는 것이었다. 이제와 생각해보니 당차다 못해 당돌했던 것이다. 돈을 내주는 대신 땔감을 해다 드리겠다니…, 당돌한 제안이자 부탁을 들으신 선생님께서는 한참 얼굴을 바라보셨다. 행여나 선생님께서 부탁을 거절하실까봐 "공납금 대신이지만 공납금 이상으로 땔감만큼은 확실하게 마련해 드리겠습니다."라고 말씀드리며 꼭 중학교에 가고 싶다고 솔직하게 털어놓았다. 재차 사정을 하는 내 머리를 쓰다듬어 주시면서 "그렇게 해서라도 중학교에 가고 싶어 하는 너의 학구열이 마음이 드는구나. 좋다, 그렇게 해주마." 라고 하였다.

학비가 없는 내 처지를 십분 이해해주신 선생님 덕분에 순창서국민학교로 전학이 조금 수월해질 수 있었다. 선생님께서 마치 자신의 일처럼 나서서 전학을 주선해주신 까닭에 복잡한 절차를 밟지 않고도 전학 허가를 받아낼 수 있었기 때문이다.

학교 공부를 계속하기 위해선, 내가 없어도 집안에 땔감이 넉넉해야 했을뿐더러 선생님과 약속했던 선생님 댁에 필요한 땔감까지 마련해야 했기에 밤낮으로 땔감을 해다가 창고에 비축해 놓기 시작했다. 그때 당시에 내가 땔감을 모으러 다녔던 산들은 길도 울퉁불퉁해 오르내리는 일이 힘들었고, 언제 야생 들짐승들이 나타날지 모를 만큼 산세가 험했다.

지금은 아미산, 배미산, 강천산, 해문산이 전라북도 순창군을 대표하는 관광지가 되어, 등산로가 꾸며져 있고 틀을 갖추어 관광객들이 수월하게 산행을 할 수 있도록 만들어져 있지만, 내가 그 산들을 오를 당시만 하더라도 길이 험해서 나무를 한가득 지고 내려오다가 돌부리나 나무뿌리에 발이 걸려 넘어지는 일이 다반사였다. 그러나 넘어지면서 피가 날 정도로 긁히고 멍들었어도 집에 돌아와서는 단 한 번도 아프다는 소리를 입 밖으로 내지 않았다. 어린 마음에 어머니께서 속상하실까봐 그러기도 했지만 행여나 자주 다치는 것이 딴 생각만 하느라 일에 소홀하다는 빌미가 되어 학교를 다니지 못하게 될까 아픔도 꾹 참아내야 했다. 자주 그렇게 다치다 보니 수십, 수백 번을 오르내린 산길인데 자꾸만 조심성 없이 넘어지는 내 탓이라는 생각이 들었다 하루는 다시는 넘어지지 않겠다는 결심으로 내가 자주 오르는 산길에 놓여 있는 나무뿌리며, 죽은 나뭇가지들을 모조리 깨끗이 쓸어다가 창고 한쪽에 쌓아 두기도 했다.

학기 중에 바로 전학할 수 없었던 까닭에 나는 6학년 2학기가 되어서 순창서국민학교로 전학을 갈 수 있었다. 이때가 1949년 중순이었고, 당시 내가 전학을 간 학급은 6학년 5반이었고, 1950년 2월에 순창서국민학교의 39회 졸업생이 되었다.

순창서초등학교 졸업사진

순창중학교의 학생이 되다

순창서국민학교 졸업 때 이미 순창중학교 입학시험도 합격해 둔 터라 힌시름 덜기는 했지만, 문제는 입학금이었다. 그동안 열심히 비축해 두었던 땔감을 장터에 내다 팔았고, 이웃 어르신들의 부탁을 받아 심부름이며, 온갖 잡일을 대신해주고 모은 몇 푼의 삯을 전부 합쳐도 입학금으로 부족했다. 그간 모든 돈으로도 부족한 입학금을 마련할 방편을 찾다 보니 창고의 쌀가마니가 눈에 들어왔다.

아마 그때가 처음으로 울면서 어머니께 사정한 때가 아닐까 싶다. 중학교만 보내주면 어떻게든 사람 구실을 하여 집에 돈을 벌어다 줄 것이라 호언장담도 했다. 중학교 입학 문제를 놓고 어머니와 담판을 벌이면서 흘렸던 눈물은 늘 장남만 챙기던 어머니에 대한 원망 섞인 눈물이기도 했다. 눈물이 어머니의 얼음장 같은 단호함을 흔든 것인지 쌀을 팔 수 있었고, 그 돈으로 부족한 입학금을 채워 가까스로 입학식에 참석할 수 있었다.

중학교를 다니기 시작한 지 3개월 정도 지나서 6.25 전쟁이 발발했다. 공산당의 남침으로 어렵게 입학한 중학교도 제대로 다닐 수 없게 되고, 집안의 부를 축적할 수 있던 농사조차도 지을 수 없는 지경이었다.

예고 없이 찾아온 6.25 전쟁

연일 밤마다 저 먼 곳에서 포격소리가 들려왔다. 어린 마음에 북한 공산당이 순창까지 내려와 사람들을 학살하고 재산을 빼앗아 갈까 두렵기도 했다. 그러나 가만히 앉아있을 수만은 없는 노릇이었다. 전세가 공산당 쪽으로 기울어 간다는 소문이 파다하게 퍼졌고, 마을 주민들은 날마다 이장님 댁에 모여 어디까지 쳐들어왔고, 어디에서 피난민 행렬이 이어지고 있는 지 등 전쟁 상황을 알아보았다. 그리고 면사무소나 지서(현재 파출소)에 찾아가 전쟁이 어떻게 돌아가는 지 소식을 알아보곤 했다.

점점 더 전쟁은 치열해져만 갔고 먼 거리에서 어렴풋이 들리던 포탄 소리가 하루가 다르게 가까워져 오고 있을 무렵, 또래 아이들은 물론 이제 국민학교 고학년이 된 아이들이며 고등학교를 다니는 형들까지 학도병으로 차출되어 전쟁터로 나갔다. 나는 면사무소와 파출소의 야간 경계 근무를 섰다. 야간 경계를 나가지 않는 날이면, 집안의 가장 큰 재산인 소를 몰고 산으로 올라가 피신을 해야 했다. 빨갱이들이 닭이며 개며 소며 할 것 없이 무조건 잡아간다는 소리를 들었기 때문이었다. 그 당시 소는 농사일에 없어서는 안 될 중요한 가축이자 재산목록 1호였다. 소가 없으면 농사를 짓지 못할 뿐만 아니라, 몇 년을 죽어라 농사를 지어야 한두 마리 장만할 수 있는 고가의 가축이었다.

1950년 10월 15일 국방부 정훈국 학도의용대 순창읍 지대에서 육군 11사단 20연대 1대대 2중대와 함께 빨치산이 점거하고 있는 순창군 구림면 회문산을 공격 하기 위해 군인들과 경찰이 합동으로 학생들 동원령을 내렸다. 그때 나는 순창중학교 1학년 2학기에 다니고 있었다. 10월 하순경 육군 11사단 20연대 1대대 2중대 병력이 순창군 구림면 회문산에 주둔하고 있는 빨치산 및 인민군 1개 사단 가까운 병력에 맞서서 토벌작전을 하였으나 역부족으로 실패하였다. 이후 순창 관내 경찰, 순창 농림 고등학생 수십 명 및 순창중학교에 다니고 있던 본인, 신 재수, 김명수 등 수 명이 차출되어 육군 1대대 2중대 병력 및 경찰 등과 합동으로 빨치산 및 인민군 토벌작전을 재차 시도하여 빨치산 및 인민군을 상당부분 괴멸(많이 사살시킴) 시켰다.

이후 나는 잔당을 소멸시키기 위해 또다시 실탄 확보와 운반, 전투 기간에 필요한 식료품 확보와 운반, 야간으로 잠복근무 등을 수행하기 위해서 각 파출소에도 차출되어 근무하였다.

한국전 자체가 북한 괴뢰군이 치밀하게 준비해 남한의 허를 찌른 급작스러운 남침이었기 때문에, 전쟁을 상상하지 않았던 남한은 당연히 열세일 수밖에 없었다. 또한 전쟁을 대비한 총이며 수류탄 등의 필요한 군수물자도 부족한 상황이었다.

어른들이 들고 싸울 총도 그리 많지 않았던 터라 어린 내게 총을 들려줄 리는 없었다. 내게 부여된 임무는 보급품을 운반하고, 실탄을 나르는 등 육체적인 노동력을 요구하는 잡일이었다. 잡일이라 해서 아주 사소한 일만은 아니었다, 전투에 필요한 총탄과 군인들의 생명과도 연결되는 식료품을 운반하기 위해서는 발걸음이 빨라야 했고, 지형지물을 제대로 익혀 은신에 능해야 했기 때문이다. 나

54

는 어려서부터 땔감을 모으느라 아미산, 배미산을 자주 올라다녔기 때문에 산세에 밝아 중요한 물건을 운반하는 일까지 맡았다.

몇 번의 죽을 고비를 넘기면서 1953년 2월을 맞이했고, 2회 졸업생으로 순창중학교를 졸업할 수 있있다. 하지만 어학의 기초를 제대로 다지지 못해 중학교 수준의 어학 능력에 멈춘 것이 늘 아쉬움으로 남았다. 5남매 중 큰딸이 영어교육을 전공하고 둘째딸이 국문학을 전공하면서 아버지의 부족함을 채워준 것 같아 한없이 고마운 마음을 갖고 있다.

치열한 전쟁 속에서도 학교 수업은 계속 이어졌고, 예정대로 졸업식이 치러졌다, 만약 당시에 내가 휴전선 부근이나 전방으로 불리는 지역에 살았다면 학업이 불가능하고 피난 대열에서 두려움에 떨며 숨어 있었을 것이다. 지금이야 정해진 수업 일수가 있고 결석 몇 번 이상이면 낙제를 시켜 유급을 해야 하겠지만, 당시에는 학교를 빠지지 않고 다닐만한 여건이 되는 아이들은 몇 명 되지 않았다. 게다가 전쟁의 소용돌이란 특수한 상황에서 결석하는 날이 잦았던 나였지만 졸업장을 받을 수 있었다.

정전협정이 맺어지던 날

졸업을 한 후에도 여전히 전쟁은 진행형이었다. 숨죽이며 집과

산을 오간 것이 몇 달째였고 전쟁 통에 농사도 제대로 지을 수 없었기에 밥조차 배불리 먹을 수 없었다. 가뜩이나 가난했던 집이 전쟁으로 인해 더욱 궁핍해져버렸기 때문이었다. 외양간의 소만큼은 살려야 이 지긋지긋한 전쟁이 끝나고 계속 농사를 지을 수 있었기에 먹을거리를 마련하러 산으로 올라갈 때면 소를 데리고 다녔다. 행여나 소를 집에 두고 가면 언제 빨갱이가 집을 습격해 잡아갈지 모를 일이었다, 하루빨리 전쟁이 끝나기만을 바랐던 시간이 흘러 1953년 9월 28일이 되었다

당시 마을 사람들은 전쟁이 어떻게 흘러가고 있는 지 우리를 도와주러 왔다는 미군과 UN군, 한국군이 어디만큼 밀고 북쪽으로 올라갔는지를 궁금해 했다. 때문에 발이 빠른 동네 아이들 몇 명이 순번제로 돌아가며 면사무소에 찾아가 전시상황을 알아보고 마을로 돌아와 어른들께 보고하는 경우가 많았다. 28일은 내 차례였다 면사무소에 가보니 그곳에 계신 어른들이 모두 라디오에 귀를 기울이고 계셨다.

"학영아! 이제 되었다 이제 된 것이다."

"네? 아저씨 그게 무슨 말씀이셔요?"

"정전협정을 맺었다고 하는구나, 이제 이 전쟁이 끝이 났어!"

전쟁이 끝났다는 소리를 듣자마자 한달음에 집으로 달려왔다. 어머니께 정전협정 소식을 전하고 마을 곳곳을 돌아다니며 동네 어르신들께 정전협정이 되었다고 이제 전쟁이 멈췄다고 소리를 지르며

뛰어다녔다. 그 소식에 다들 손을 잡고 기뻐하였다. 내가 경험한 전쟁은 서울에서 남으로 내려왔던 피난민들에 비하면 다행스러웠지만 날마다 들려오는 총성과 포격소리 '펑', '펑'하는 소리에 두려움으로 인한 고통은 마찬가지였을 것이다.

밤이면 산속 깊숙이 숨어 있던 공산당들이 마을을 습격해 먹을 것이며 옷가지를 싹 쓸어 가곤 했다. 심지어 학생들이 공부하는 책까지도 모조리 빼앗아 갈 정도였다. 우리 집에도 빨강이들이 들이닥친 적이 여러 번 있었다. 순가락, 젓가락이며 쇠붙이로 된 물건과 먹을 것들을 닥치는 대로 쓸어 담던 빨갱이 한 명은 나를 툭툭 치며 쓸 만하니 데려가야 겠다고 위협을 하기도 했다. 아직 어리고 체구도 작아서 힘도 없어 쓸모가 없을 것이라고 애원하여 모면할 수 있던 일은 정말 끔찍한 순간이었다.

만약 그때 내가 빨갱이들의 손에 끌려갔다면 상상만으로도 끔찍하다. 지금도 당시 기억으로 북한의 도발 뉴스를 접할 때면 그 때 나를 쳐다보며 쓸 만하다고 끌고 가려 한 빨갱이 모습이 겹쳐지면서 소름이 돋는다.

천안함 사건 때도 그랬고, 금강산 관광을 하다 북한 괴뢰군의 총에 맞아 죽었다는 사람의 뉴스를 접했을 때도 그렇고, 연평도에 포탄이 떨어져 귀한 젊은이들이 희생되었다는 소식에도 그랬다. 두번 다시 이 땅에 전쟁이라는 피바람이 불어오지 않게 해야 한다. 가족들이 생이별을 해야 하고 어린아이까지 죽음을 각오하고 총과 칼을 쥐어야 하는 위험한 상황이 발생해선 안 된다.

나는 북한 주민들이 하루속히 독재에서 자유를 되찾았으면 좋겠다. 그들이 자유 통일을 위해 끊임없이 노력해야 하고 한국 영토인 독도를 자기네 땅이라고 우기는 일본을 굴복시켜야 하고 우리 땅 대마도도 되찾는 날이 하루 빨리 오길 희망한다.

나를 살린 어머니의 닭죽 한 그릇

중학교는 어찌 어찌 입학을 하고 졸업을 할 수 있었지만, 전쟁이 휩쓸고 지나간 자리를 정리해야 했고, 전쟁 때문에 그간 짓지 못했던 농사며 손 놓고 있던 집안일까지 일일이 내 손으로 다 해내야 했다. 지금이야 콤바인이며 바인더며 기계의 힘을 빌려 비교적 수월하게 벼를 수확할 수 있지만, 당시에 그런 기계들이 있었을 리가 만무하다. 직접 낫질을 해가며 벼를 베어야 했고, 베어낸 벼들을 한데 묶어 단을 꾸려 넣는 일까지 내 몫이었다.

하루하루가 고된 노동의 연속이었다. 밤이 되면 파김치가 되어 밥도 뜨는 둥 마는 둥 하며 곯아떨어지기가 일쑤였다. 힘센 장정도 버티지 못할 일을 작은 체구의 내가 감당하기엔 무리가 따랐을 것이다. 풍년으로 수확량이 늘어나 일이 많았던 탓에, 무리를 해서인지 몸에 이상이 찾아왔다. 몇 달을 약 한 첩 지어먹지도 못하고 산송장처럼 누워만 있다 보니 꼼짝없이 '아, 내가 이렇게 죽는구나.' 싶었다.

쉽게 병을 털어 내기는커녕 부족한 일손 탓에 억지로 일어나 일을 나가다가 쓰러지기도 몇 차례. 정말 계속 이리 살다간 이도 저도 해보지도 못하고 죽을 것만 같았다. 마치 시한부 선고를 받고 죽을 날을 기다리는 사람과도 같았다. 실제로 내가 앓아 누워있던 때에는 제대로 먹지도 못하고 병에 걸려도 약 한 첩 제대로 지어먹을 수 없는 사람들이 부지기수였고, 행여 어린아이가 죽기라도 하면 묘를 쓰지도 못해 항아리에 시신을 넣어 땅에 파묻는 일이 다반사였다.

결국엔 병을 이겨내지 못하고 곧 숨이 넘어갈 것 같아 보였는지 집 밖에는 내가 죽으면 시신을 담을 항아리가 준비되어 있었고, 그 항아리를 묻을 땅도 다 파놓고 삽이 꽂혀져 있었다. 그랬던 내가 자리를 털고 일어날 수 있던 것은 어머니께서 끓여주신 닭죽 덕분이었다.

"어머니, 닭 한마리가 먹고 싶습니다."

병석에 누워있으면서 한 번도 뭔가를 먹고 싶다고 말해본 적이 없었던 둘째 아들이 힘겹게 꺼낸 말에 어머니께서는 조금의 지체도 없이 당장 닭장으로 달려 가셨고, 금방 닭을 잡아다가 죽을 끓여 먹여 주었다. 그 닭죽 한 그릇에 거짓말처럼 자리를 털고 일어날 수 있었다. 어머니 덕분에 기운은 차렸지만 계속 이렇게 살다간 또 언제 쓰러져 죽음을 맞이할지 모른다는 두려움이 커져만 갔다.

이대로는 정말 못 살겠다 싶어지자, 내가 살려면 이곳을 떠나야 되겠다는 생각이 들었다. 그전까지만 해도 온통 캄캄하고 답답하기만 했던 머릿속에 정신이 번쩍 드는 기분이었다. 고향을 떠나 서울로 가야겠다는 확고한 목표가 생기자 거짓말처럼 몸을 일으킬 수 있었다.

고등학교 진학을 위해 뛰었건만…

어머니께서 정성스레 끓여주신 닭죽 덕분에 기운을 차린 나는 자리를 털고 일어났다. 그러나 고등학교에 가야겠다는 일념으로 백방으로 알아보던 차에 중학교 때 동창인 한 친구가 우리 집으로 찾아왔다.

"학영아, 너 선거 운동 한 번 해보지 않을래?"

내 얼굴을 보자마자 친구가 꺼낸 말은 양 선생이 이번 도의원 선거에 출마했는데 선거운동을 할 사람들을 모집하고 있다는 이야기였다. 어찌 아는 관계인지는 몰랐지만 두 사람 모두 양씨 성을 가지고 있었기에 먼 일가친척이려니 더 이상 묻지는 않았다. 도통 선거에는 관심이 없었던 나였지만, 친구의 이야기를 들으면서 한 줄기 희망이 보이는 듯했다. 혹시라도 내가 선거운동을 열심히 해서 양 선생이 도의원에 당선되면 공을 모른 척하지는 않을 거란 계산이 있었다. 당선에 기여한 사례라도 해준다고 말해오면 고등학교에 갈수 있도록 힘을 써달라고 부탁할 요량이었다.

"그 사람이 당선되면, 나 고등학교 좀 보내줄 수 있겠냐?"

"당연하게 힘이 있는 사람이께 분명 네 고등학교 진학쯤은 눈 감고도 처리해 주실 수 있지!"

확신에 찬 어조로 분명 도움이 되어주실 거라는 친구의 말을 들으니 내게 실낱같은 희망이 생긴 기분이었다. 친구 말에 의하면 도의원 쯤 되면 이리저리 인맥이 넓어질 것이고, 그 사람이 당선만 된다면야 자기가 당선될 수 있도록 선거 운동을 해준 나를 모른 척하지 않으리라는 것이었다. 예나 지금이나 정치인들의 권력이란 사람의 인생을 바꿔놓을 수 있을 만큼 어마어마한 것이라는 말이었다.

친구를 따라 양 선생의 선거 사무실로 들어서자 낯익은 얼굴들도 보였다. 동네 어르신들 중 몇 분께서는 이미 도의원 선거 운동에 동참하고 계셨다. 그분들과 함께 선거 운동에 나섰다. 당시의 나는 고등학교에 갈 수 있다는 희망만으로 그 어느 때보다 열심히 뛰어다녔었다.

"우리 의원님 당선의 공이 다 학영이 자네구마이."

내가 얼마나 열심이었는가 하면, 함께 선거운동에 나섰던 사람들이 당선의 공이 내게 있다고 입을 모을 정도였다. 당선이 확정되던 날 밤, 양 선생은 선거 사무실로 찾아와 당선 인사를 하며 선거운동원들과 일일이 악수를 나누었다. 이후 나는 선거 운동을 해볼 것을 권했던 친구가 자신했던 것처럼 고등학교에 보내줄 거란 기대를 품고 양 도의원을 찾아뵈었다. 다행히 얼굴을 기억하고 계셨던 양 도의원께서는 그동안 선거 운동하느라 애썼다며 손을 힘껏 부여잡아주셨고, 따뜻한 차 한 잔을 내어주었다.

"저, 도의원님, 당선을 축하드립니다."

"그게 다 자네처럼 열심히 뛰어준 사람들 덕분이 아니겠는가?"

내 공을 알고 있다고 판단한 나는 어렵사리 고등학교에 가야 하는데, 어찌 도의원님께서 고등학교 진학 문제를 도와주실 수 없겠냐며 부탁의 말을 꺼냈다. 그러나 내게 되돌아온 대답은 '그렇게는 할 수 없다. 그런 사안은 내가 하기에 어려운 일이다.'라는 완강한 거절의 뜻이었다. 하늘이 무너진다는 표현이 딱 들어맞는 순간이었다. 몇 달 동안 쉬지도 않고 하루 종일 유세장은 물론 각 마을 이곳저곳을 돌아다니며 양 선생이 도의원이 되면 이 마을이 엄청나게 발전할 수 있을 것이라며 입이 닳도록 양 선생을 위해 한 표를 부탁드렸던 나였다. 그 고생을 사서 한 것은 오직 고등학교에 갈 수 있다는 희망 때문이었는데, 정작 도움을 줄 수 있는 유일한 사람인 도의원이 그렇게는 못 해주겠다며 나를 되돌려 보내다니…. 선거 운동을 하면 고등학생이 될 수 있다며 나를 현혹시켰던 친구가 너무나도 원망스러워지는 순간이었다.

한 번 더 믿어보는 수밖에

겨우 기운을 차려 선거 운동에 나섰던 나는 고등학교 진학의 꿈이 좌절되었다는 사실에 고통스러웠다. 유일하게 날 고향으로부터 벗어날 수 있게 집을 만들어줄 사람이라고 믿고, 큰 기대를 걸었었는데 정작 당사자가 나서서 도와줄 생각이 없었으니 실망이 이만저만이 아니었다. 고등학교에 진학해 계속 배우고 싶다는 학구열도 있었지만, 무엇보다 고향을 떠나기만 하면 내 한 몸 간수하면서 지내면 되기 때문에 무슨 일을 해서라도 돈을 벌어 가난으로부터 벗어날 수 있다고 여겼기에 내가 살려면 그 방법밖에 없다고 믿었다. 어느 정도로 마음을 다쳤는가 하면 밥도 제대로 넘기지 못할 정도로 식음을 전폐했고, 왜 밥도 안 먹고 기운 없이 그러고 있느냐는 어머니의 물음에도 묵묵부답으로 일관했다.

삶의 방향을 잃어버렸다는 생각에 힘든 시간을 보내고 있던 내게 그 친구가 또 한 번 찾아왔다. 이미 양 도의원이 내 부탁을 단칼에 거절했음을 익히 들어서 알고 있던 친구는 얼굴을 빤히 쳐다보면서 이렇게 말해왔다.

"여기서는 죽었다 깨나도 학영이, 너 고등학교 못 간당께."

"그럼 어쩌란 말이냐! 길이 안 보이는데!"

"나랑 같이 서울로 올라가자."

친구는 내게 진짜 고등학교에 갈 결심이 섰으면, 자기랑 같이 서울로 올라가자고 제안을 해왔다. 서울에만 가면 고등학교에 입학할 수 있다는 것이었다. 이미 친구에게 얽혀 인연을 맺었던 도의원에게 거절을 당했던 터라, 그 녀석의 감언이설이 미덥지는 않았다. 하지민 아무것도 히지 않고 손을 놓고 있자니 지금 내가 처한 상황을 견딜 수가 없었기에 마지막으로 한번 더 그 녀석의 말을 믿어보기로 결심했다. 지푸라기라도 잡는 심정으로 확답을 해줄 것을 요구했다.

"진짜, 서울만 가면 고등학교에 갈 수 있다 이거지?"

"그렇당께, 내가 서울에서 살다 내려왔으니 나만 믿어!"

그랬다. 당시 그 친구는 6.25 전쟁이 터졌을 당시 피난 행렬을 따라 이곳 순창까지 내려온 서울 사람이었고, 중학교를 마치기 위해 내가 다니던 순창중학교로 전학을 왔던 것이다. 물론 그 친구의 부모님께서 순창 출신이었기에 이왕이면 조금이라도 인연이 있는 순창에 와서 피난생활을 했던 것이지만, 그래도 일 년여를 함께 학교에 다녔던 동창이던 녀석이 설마 또 다시 나를 속이고 기만할까 싶어 그를 믿어보기로 했다.

그리고 얼마 정도의 돈을 가지고 서울로 올라가면 셋방이라도 얻어 학교를 다닐 수 있겠느냐고 되묻는 내게 친구는 만 오천 환이라는 거금을 제시했다. 만 오천환만 있으면 서울에서 머물며 학교를 다닐 수 있는 셋방을 구해 고등학교를 다닐 수 있다고 하면서 꼭 만 오천환이어야 한다고 신신당부를 했다. 가끔 동네 어르신들의 잔심부름을 해드리며 받았던 푼돈을 차곡차곡 모아두긴 했어도 내 수중에 그렇게 큰돈이 있을 리 없었다. 나는 그에게 며칠간 말미를 주면 그 돈을 마련해 연락하겠노라고 대답을 했다.

형님의 의가사 제대

일단은 돈을 마련하겠다며 큰 소리를 쳤지만 별다른 뾰족한 수가 생각나지 않았다. 결국 이머니께 다시 한 번 사정해보기로 마음을 먹었다. 서울로 올라가서 고등학교를 다니고자 하니 학교에 들어갈 수 있을 정도의 학비와 생활비조로 이만 환만 내어 주시면, 더 이상 집에 손을 벌리지 않고 알아서 돈을 벌면서 생활하겠다고 말이다. 서울에 가야겠다며 돈을 좀 주십사 하는 말을 듣고 계시던 어머니께서는 이렇게 말씀하였다.

"아이고, 이놈아. 너마저 없으면 집안일은 이 힘없는 어미더러 하라는 말이냐?"

"어메요! 나 고등학교만 마칠 수 있으면, 어떻게 안 되겠습니까?"

갑자기 눈물이 쏟아졌다. 어머니께서 대번에 "알았다."고 말씀을 해주시지 않는 것에 대한 서운함도 있었고, 하고 싶은 공부를 마음껏 할 수 없는 집안형편에 속이 상했다. 어머니께서는 설움에 북받쳐 눈물을 펑펑 쏟으면서도 간절한 눈빛으로 허락을 구하는 나를 한참 동안 말없이 바라보셨다. 그리곤 더 이상 고집을 꺾지 못할 것만 같으셨는지 한 가지 조건을 내미셨다.

"시방 내가 당장 서울 문제를 결정할 수가 없으니, 군에 가 있는 賢永이 형에게 허락을 받아 오그라. 그러면 나도 다시 한번 생각해 보마."

그때 당시에 어머니께서 내건 조건은 김해 공병학교에서 군사훈련을 받으면서 군 생활을 하고 계시던 형님을 만나 뵙고 오라는 것이었다. 서울에 가서 일을 하면서 고등학교에 다닐 계획을 자초지종 설명해드린 후, 형님이 허락을 해주면 어머니께서 이만 환을 마련해주시겠다는 말씀이었다.

어머니의 대답을 듣자마자 나는 김해로 갈 차비를 마련하러 이리저리 수소문을 했다. 천만다행으로 짧은 시간 안에 형님을 면회 갈 자금을 마련할 수 있었고, 돈이 생기자마자 곧장 남원역으로 향했다. 지금이야 KTX니, 비행기니, 고속도로니 하는 교통수단들을 이용할 수 있기 때문에 반나절도 채 걸리지 않을 테지만, 1950년대 초반만 하더라도 전쟁 통에 도로가 유실되고 철도나 고속도로가 틀을 제대로 갖추고 있지 않았다. 몇 번씩 열차와 버스를 갈아타고 수십 리 길을 걸어가야 하는 다소 먼 길을 떠나야 했기에 서둘러야 했다.

남원에서 출발한 열차가 여수에 당도했고, 나는 여수역에서 내려 배를 타기 위해 여수항으로 이동을 했다. 깜깜한 바다 위를 나아가는 밤배에 올라 통영을 거쳤고, 새벽녘이 되어서야 부산에 당도할 수 있었다. 막상 부산에는 도착했지만, 김해 공병학교까지 갈 길이 캄캄했다. 평소 집을 떠나 이렇게 멀리까지 나와 보질 못했던 까닭에 길눈이 어두웠던 나는 무작정 지나가는 사람들을 붙들어 길을 물어야 했다. '김해 공병학교까지 가려고 하는데 어디로 어떻게 가야 하는지'를 물어 물어가며 대여섯 시간이 걸려서야 김해 공병학교에 당도할 수 있었다. 위병소에서 면회 신청을 하고 저 멀리서 형님의 모습이 보일 때까지 내 머릿속에는 온통 '어떻게 형님을 설득할 수 있을까?' 란 생각뿐이었다. 형님께 허락을 받지 못하면 고등학교는 물론이거니와 서울로 올라가는 일 자체가 물거품이 되고 말테니 말이다.

이윽고 제법 까맣게 그을린 형님께서 앞에 모습을 드러내셨다. 어찌 공병학교는 지내실 만하느냐는 안부 인사를 여쭙고, 조심스럽게 서울에 올라가서 고등학교를 마치려고 생각한다며 형님의 의중을 물어보았다.

"형님, 제가 부득불 타향살이를 해야 쓰겄소. 고등학교는 나와야 사람대접 받으면서 살 수 있지 않것소?"

공부를 하러 서울로 가야겠다는 말에 한참을 곰곰이 생각하던 형이 꺼낸 대답을 들은 나는 기절초풍할 지경이었다.

"좋다, 서울서 일하면서 학교에 다닐 수 있도록 해 주마. 대신 네가 없으면 어머니께서도 적적하실 테고 집안에 일할 사람이 한 명 줄어들게 되니 나를 의가사 제대 시켜다오."

형님께서는 고작 열여섯, 열일곱 살밖에 되지 않은 내게 자신을 의가사 제대시켜주면 타향살이를 할 수 있도록 허락해주겠노라고 말씀하였다. 앞이 깜깜해졌다. 도대체 무슨 수로 형님을 의가사 제대를 시켜드린단 말인가! 아무리 궁리를 해보고, 고민을 해봐도 쉽사리 좋은 방법이 떠오르지 않았다. 그러던 찰나, 나는 무릎을 치며

"그래! 매형이 있었지!" 하고 크게 소리를 질렀다.

당시 누님께서는 전라남도 담양군 무정면 안평리로 출가를 하셨고, 누나의 남편. 즉, 매형 되시는 분이 초등학교 교사로 재직 중이란 사실이 떠올랐던 것이다. 형님과의 짧았던 면회를 뒤로 하고 나오면서 학교 선생님인 매형이라면 어떻게든 형님의 의가사 제대에 도움을 줄 비책을 마련해 주실 수 있으리란 기대를 품고 한달음에 누님 댁으로 달려갔다.

누님 댁은 삼십 리길, 지금으로 따지면 대략 12km의 거리를 내내 걸어가야만 하는 곳에 있었다. 장시간 기차와 배, 버스를 타고 형님을 면회하느라 온몸이 지쳐있었지만, 어디서 쉬었다 갈 생각조차 하지 않았다. 쇠뿔도 단김에 빼랬다고 언제 형님의 마음이 바뀔지 모른다는 생각에 마음이 바빠졌다. 삼십 리 길을 쉬지도 않고 걸으면서 누님 댁에 당도할 수 있었다. 누님께서는 갑자기 찾아온 나를 보고 놀란 기색이 역력하였다.

"네가 여길 어떻게 찾아 왔니? 혹시 집에 무슨 일이 생겼니?"

"집에 무슨 일이 생긴 것은 아니고, 누님과 매형께 부탁이 있어서 찾아왔소."

내가 서울에서 고등학교를 다니고 싶은데, 어머니께서 형님의 허락을 구해오라고 말씀하셨다는 이야기를 시작으로 형님을 만나 뵙고 나눈 이야기를 털어놓았다. 형님께서 자신을 의가사 제대시켜주면 나를 고등학교에 갈 수 있도록 힘써준다고 약속해주었다는 말

68

씀을 올린 후 지금 내 능력으로는 형님의 의가사 제대를 위해 할 수 있는 일이 없다며 답답함을 토로했다. 궁리 끝에 누님과 매형이라면 묘책을 마련해주실 것 같아 이렇게 찾아왔다고 말씀드렸다.

학교에서 퇴근해 돌아오신 매형께서는 누님으로부터 자초지종을 들으신 후 싱긋 웃으시면서 그렇게 해서라도 배우려고 하는 처남이 기특하다며, 방도를 마련해 주시겠다고 장담을 해주었다. 매형의 "알았다."는 대답을 들으니 그제야 숨통이 트이는 것만 같았다. 어느 정도 도움을 받을 수 있으리란 기대가 있었지만 이렇게 빨리 확답을 받을 수 있을지는 생각조차 하지 못했다.

예나 지금이나 '돈'의 위력은 대단한 것인지 모르겠다. 지금에야 돈으로 사람을 매수해 군복무를 기피하는 병역기피자에 대한 처벌이 강화되었다고는 하나, 여전히 암암리에 병역비리가 벌어지고 있을 터이다. 심심치 않게 병명을 조작해 의가사 제대를 하거나, 군 면제를 받았다고 발각되는 병역기피자들의 사건사고 소식을 들을 때마다 그때 내가 형님을 위해, 그리고 내 자신을 위해 벌였던 병역 비리가 겹쳐지곤 한다. 당시에 형님께서 의가사 제대를 할 수 있도록 만드는데 필요한 경비는 최근에도 심심치 않게 터져 나오는 병역비리 사건에 연루된 브로커가 받아 챙기는 불법성의 자금과 별반 다르지 않다. 방법을 마련해 주시겠다는 매형께 연신 고맙고 감사하다, 나중에 성공해서 꼭 은혜를 갚겠노라는 인사를 올렸다. 그리고 의가사 제대를 하려면 경비가 어느 정도 필요한지 알려주면 자금을 준비해 두겠노라 야속을 드린 후 집으로 돌아왔다.

내가 누님 댁을 방문하고 돌아온 주의 주말인 토요일 오후에 매형이 고향집에 찾아오셨다. 형님이 의가사 제대를 하려면 제법 큰돈이 필요한데, 어찌 마련할 것인지 어머니와 오랫동안 상의를 하였다. 상의 끝에 나온 결론은 우리 집이 보유하고 있던 보말논 약 400여 평을 팔아서 의가사 제대에 필요한 일종의 뇌물 자금을 마련하는 것이었다. 어머니께서는 경비만 마련되면 군대에 가 있던 장남이 복무 기간을 다 마치지 않고 일찍 집으로 돌아올 수 있다는 매형의 말에 뛸 듯이 기뻐하였다. 그도 그럴 것이 어머니께서 형님께 베푸신 사랑은 상상조차 하지 못할 만큼 커다란 것이었다. 매형과 상의를 끝낸 어머니께서는 서둘러 주변에 논을 살 사람이 있는지 수소문하였다. 워낙 급매로 내놓은지라 기존에 거래되던 제값을 주고 보말논을 살 임자를 찾는 것이 쉽지 않았다. 하루라도 빨리 장남을 보고 싶으셨던 어머니께서는 손해를 감수하셨고, 약 400여 평 되는 보말논을 제값보다 조금 못 미치는 가격에 팔아 넘기셨다.

논을 팔기로 결정한 지 고작 이삼 일 만에 논을 파신 어머니께서는, 매수대금을 그대로 매형의 손에 들려 보냈고 모든 일을 잘 처리해 달라는 당부를 잊지 않으셨다. 나 역시도 매형을 따로 만나 뵙고 이번 기회를 놓치면 언제 다시 서울에 올라가 공부를 할 수 있을지 모른다며, 내 인생이 매형의 손에 달려있다는 말씀과 함께 속히 형님이 의가사 제대를 할 수 있도록 애써달라고 부탁을 드렸다.

형님의 의가사 제대를 놓고 어머니와 내가 가졌던 생각은 조금 달랐던 것 같다. 그때 어머니께서는 힘들고 고된 일 한 번 해본 적이 없는 장남이 집을 떠나 먼 타향에서 훈련을 받으면서 힘든 군 생활을 하고 있다는 생각에 당신만 편하게 집에 있다며 눈물을 보이는 날이 많으셨는데, 그런 장남이 더 이상 고생하지 않고 집으로 돌아와 당신의 따뜻한 품 안에서 살 수 있게 될 것이란 기대를 하셨을 것이다. 그러나 나는 형님이 하고 계실 고생보다는 이 지긋지긋한 고향 땅을 떠날 수 있게 되었다는 사실과 그토록 원했던 고등학교 공부를 할 수 있게 될 것이란 생각에 한없이 기쁘기만 했으니 말이다.

　형님께서 의가사 제대를 하기 위해서는 절차가 필요했다. 아프지 않은 사람을 아프다고 서류를 꾸며 전역을 시키자니, 먼저 병명을 만들어 의무부대로 전출시키는 것이 우선이었다. 게다가 의무부대로 간다고 해서 바로 제대를 할 수 있는 것이 아니었고, 그곳에서 치료를 하면서 일정 기간을 보냈는데도 불구하고 병이 낫지 않기 때문에 전역을 시킨다는 명분이 있어야 했다. 당장이라도 서울로 올라가고 싶은 마음이 굴뚝같았던 나는 생각보다 오래 걸리는 의가사 제대 과정을 느긋하게 기다릴 수 없었다. 시간을 지체하고 싶지 않았던 나는 어머니께 의중을 말씀드렸다.

　"어머니, 형님께서 의가사 제대를 해서 집으로 돌아오기까지 시일이 많이 걸릴 것 같습니다. 그래서 말인데, 저는 조금 서둘러 서울로 올라가고 싶습니다. 형님이 집에 돌아오신 후에 떠나는 것이 아니라, 형님께서 의무부대로 전출을 가셨다는 연통이 오면 지체 없이 서울로 올라가도 되겠습니까?"

그저 장남을 볼 생각에만 들떠 계셨던 어머니께서는 말을 듣는 둥 마는 둥 하셨지만, 나는 물러서지 않고 어머니께 일전에 말씀드렸던 이만 환을 마련해 달라고 재차 부탁을 드렸다. 어머니께서는 알았다고 대답하시며 소를 내다 팔아서 그 돈을 가지고 서울로 올라가겠다는 내게 그러라고 허락을 해주었다.

추운 겨울의 어느 날, 서울 땅을 밟다

매형에게 돈을 들려 보낸 후 어느 정도 시일이 지나자 형님이 의무 부대로 옮겨 가셨고, 의가사 제대가 확실하게 된 소식이 날아왔다. 소식을 전해 듣자마자 나는 서울로 함께 올라갈 친구에게 연락을 취했다. 형님의 일이 생각보다 잘 풀려서 수일 내에 서울로 올라갈 수 있을 것이라 말하며, 같이 올라갈 수 있도록 미리 채비를 해두라고 전했다. 그리고 어머니께 다시 한번 소를 팔겠다고 말씀을 드렸다. 형님께서 의가사 제대를 앞두고 계신다는 소식을 들으신 어머니께서는 그제야 '곧 있을 5일장에 나가서 소를 팔고 오라.'고 하시며 최종 승낙을 하여 주었다.

5일장이 열리는 날을 손꼽아 기다렸던 나는, 장이 열리는 날이 되자마자 새벽 일찍 소를 끌고 장에 나갔다. 소를 사겠다고 나선 사람들과 흥정을 한 끝에 가장 좋은 값을 제시한 이에게 소를 팔았다. 흥정을 하면서 고삐에 묶인 소를 힐끔거리니 이제 우리 집이 아닌 다른 집으로 팔려간다는 사실을 알았는지 몰라도 큰 눈에 눈물이 맺혀 있었다. 행여나 마음이 약해질까 눈물을 보이는 것만 같은 소의 얼굴을 애써 외면했다. 대신 소의 새 주인이 될 사람에게 잘 부탁드린다면 거듭 당부를 하고 잡고 있던 고삐를 내어 주었다.

당시 소를 건네고 내 손에 쥐어진 소 값은 이만천 환이었다. 친구가 말했던 꼭 필요한 금액이 만 오천 환이고 여유자금으로 총 이만 환을 챙기면, 천환이 남는 셈이었다. 집으로 돌아온 나는 방으로 들어가 미리 싸 두었던 짐의 가장 깊숙한 곳에 이만 환을 챙겨 넣고 나머지 천환은 혹시라도 급하게 돈이 필요할 때 쓰시라고 어머니께 드렸다. 그리곤 그날 밤 바로 서울로 올라갈 채비를 끝낼 수 있었다. 어머니께 서울로 올라가서 열심히 공부하고, 돈도 많이 벌어 성공해서 고향으로 돌아오겠다고 인사를 드린 후 집을 나서서 친구를 만나기로 한 남원역으로 발길을 옮겼다. 짐이라곤 옷 몇 벌에 어머니께서 서울로 올라가는 열차 안에서 배고플 때 먹으라고 싸 주신 인절미 몇 쪽과 찐밤 몇 알이 전부였다. 그래도 발걸음은 너무나 가벼웠다. 오랫동안 바라마지 않았던 소원이 이루어지는 마법 같은 순간이기 때문이다.

해는 이미 졌고 남원역 앞은 희미한 가로등 불빛만 비추고 있었다. 십여 분을 기다렸을까? 저 멀리서 짐 보따리를 끌어안은 친구가

73

오는 것이 보였다. 함께 기차표를 끊고 서울행 야간열차에 몸을 실었다. 기차는 덜컹거리며 쉬지도 않고 달리기 시작했고, 우리는 어슴푸레 밝아오는 새벽녘이 되어서야 서울역에 도착할 수 있었다.

정확한 날짜는 떠오르지 않지만, 내가 처음 서울 땅을 밟았던 시기는 1953년 12월 초순경으로 기억된다. 고향에서 보냈던 겨울날보다 유난히도 추웠던 기억이 남아있다. 서울역에서 내가 처음 마주한 것은 코끝을 에이는 매서운 한기였다. 친구에게 먼 길 왔으니 어디 여인숙이라도 들려서 짐을 풀고 잠 좀 자야겠다고 말했다. 그러자 그 녀석은 고등학교 가려고 이렇게 힘들게 왔는데 무슨 여인숙이냐고 학교부터 알아보는 것이 순서라며 핀잔을 줬다.

"일단은 학교에 가겠다는 목적으로 온 서울이니 학교부터 알아봐야 하지 않겠냐?" 새벽이라 이렇게 일찍 문을 여는 학교가 있을까 싶었던 나는 일단 한숨 자고 일어나서 다닐만한 학교를 알아봐도 늦지 않을 것이라 생각했다. 그러나 친구는 서울 지리를 어느 정도 알고 있는 사람이었고, 나는 난생처음 서울 땅을 밟아보는 그야말로 촌놈이었기 때문에 전적으로 그 친구에게 의지할 수밖에 없었다. 일단은 친구 말에 따르기로 했다.

"그럼 너는 여기 대합실에서 기다리고 있어, 돈은 나를 주고."

둘이 같이 돌아다니다가 자칫 내가 길을 잃으면 연락해 찾을 방법이 없으니 지리를 알고 있는 자신이 먼저 학교를 알아본 후 다시 역으로 돌아와 나를 만나겠다는 것이었다. 집에서 마련해온 이만 환을 자기에게 내어달라는 친구의 말에 잠깐 의심을 품기도 했다. 하지만 서울 지리를 모르는 나를 데리고 다니는 것이 쉽지 않을 것이라는 생각도 들고 행여나 길이라도 잃으며 다시 만날 수 있을지 기약할 수 없다는 것은 사실이었다. 친구는 서울에서 학교를 다니다가 전쟁이 나는 바람에 그의 부모를 따라 고향인 순창으로 피난을 왔고 그곳에서 나와 같이 순창중학교를 다녔었다. 이미 서울에서 살아 본 적이 있었으니 처음 서울에 온 나보다는 지리를 잘 알 것이고 서울의 여러 학교를 일일이 찾아다니며 입학 가능 여부를 알아보아야 하니 친구 혼자 돌아다니는 것이 시간을 절약할 수 있겠다 싶었다. 지금이야 핸드폰이 있으니 당시의 내 생각이 이해되지 않을 것이다. 그때는 그런 연락할 기기가 있을 리가 만무하여 길이라도 잃어버릴까 싶어 친구의 말에 따라 짐 보따리에 챙겨 두었던 돈 이만 환을 꺼내어 주었다.

이 친구가 내 돈을 들고 가서 돌아오지 않으면 어쩌나 걱정되어 불안했지만 고향에 친구 부모님이 살고 계시니 설마 나를 속이고 돈을 훔치겠나 하는 마음을 갖고 묵묵히 돈을 건네줄 수 밖에 없었다.

돌아오지 않는 친구, 낯선 곳에 홀로 남다

친구는 돈 이만 환을 쥐고 바로 바람처럼 사라졌다. 나는 하루 종일 역 대합실에서 기다렸지만 친구는 돌아오지 않았다. 무언가 잘 못된 것이란 걱정이 커지고 두려움으로 무서웠지만 갈 곳도 없었기에 피치 못할 사정으로 늦는 것이라 믿으며 그 추운 날 밤 역 밖에서 또 하염없이 추위에 떨며 기다리다 지쳤고 도저히 추워서 견딜 수 없어 주위를 둘러보다가 야간열차를 기다리는 사람들 몇 명이 모여 있는 역 대합실로 들어갔다. 야간열차를 탈 승객들을 위해 조개탄으로 난로를 때고 있었다. 덕분에 얼어 붙은 몸을 녹일 수 있었지만 야간열차를 타고 모두 떠나고 나만 남게 되자 역무원은 대합실 내 몇 명이 남았나를 확인하고 조개탄을 가져가버렸다. 결국 난로는 꺼져버렸다. 대합실 바닥은 냉기가 올라오고 창문 틈으로 추운 겨울바람이 비집고 들어오니 추위로 덜덜 떨리는 몸은 추위뿐만 아니라 친구의 배신을 깨달으며 더욱 참기 힘든 몸서리까지 쳐지는 것이었다.

아무리 기다려도 오지 않는 녀석에게 고등학교 진학의 꿈 때문에 두 번이나 이용당한 것을 알게 되고 치밀어 오르는 화를 참을 길이 없었다. 고등학교 진학을 하려고 그 녀석이 소개한 도의원 선거운동에 이용당한 것과 형님과 매형과 어머님을 설득하여 소까지 팔아서 이만 환을 건넨 이번 서울행까지 모두 나를 속인 것이다. 서울에 도착하여 새벽부터 서울역 대합실과 밖을 오가며 며칠 동안 친구를 기다렸지만 끝내 나타나지 않았다. 그 녀석이 끝내 오지 않으면 앞으로 나는 어떻게 해야 할지 걱정으로 대합실에서 며칠째 기다리며 잠도 못자고 갈 곳도 없어 씻지도 못한 모습은 말이 아니었다. 누군가 나를 거동의심자로 신고를 했는지 남루한 행색을 한 내게 헌병대 군인 둘이 찾아와 학생증을 보여 달라고 요구했다. 중학교를 졸업한 상태이니 학생증이 있을 리 없었다. 왜소하고 남루한 나와 달리 건장한 군복을 차려 입은 헌병들은 매우 위압적으로 보였다. 나는 용기를 쥐어짜며 겨우 "학생증 없습니다." 라고 모기만한 소리로 대답했다.

내 대답에 그들은 양옆에서 내 팔을 하나씩 붙잡더니 자신들과 동행해야겠다며 막무가내로 나를 끌고 갔다. 그렇게 끌려간 곳이 지금의 대우빌딩 자리였다. 그들이 나를 데려간 곳은 육해공군 합동 검문소였다. 당시만 하더라도 행동거지가 수상한 사람은 빨갱이니 간첩이니 하며 신고를 당하기 일쑤였고 전쟁 직후라 각종 범죄자들이 활개를 치고 다녔던 시절이니 내 행색이 그들의 눈에는 수상한 사람으로 보였을 법도 하다.

"이제부터 소지품 검사를 실시한다. 탈의!"

옷을 벗으라는 명령이 떨어지자마자 나는 두려움에 떨면서 입고 있던 옷을 모두 벗어야 했다. 속옷마저 벗겨간 그들은 옷 보따리며 어머니께서 가는 길에 먹으라고 챙겨주신 떡이며 내가 가지고 있던 모든 물건들을 빼앗아 갔다. 명분은 소지품 검사였지만 내 눈에는 그저 총과 칼로 사람들을 위협해 돈을 뺏어가는 날강도처럼 보일 뿐이었다. 가져간 소지품에서 별다른 것이 나오질 않았는지, 밖으로

니갔던 헌병 한 명이 들어와 알몸 상태로 떨고 있는 내게 그냥 가라는 듯 손짓을 했다.

"이렇게 추운 데 알몸으로 어디를 갈 수 있겠습니까? 다른 것은 몰라도 입고 있던 옷만이라도 돌려주시면 안 되겠습니까?"

간절한 눈빛이었지만 그들이 자행했던 부당한 연행과 검사에 대한 명백한 항의이기도 했다.

"지금은 네가 알다시피 전시 상황이다. 여기서 내가 너에게 총을 쏴서 죽인다 해도 누구 하나 신경이나 쓸 줄 아느냐?"

"그래도 옷은 주셔야 하는 것 아닙니까?"

내가 여기서 살려달라고 해도 도와주러 올 사람 한 명 없다며 총구로 쿡쿡 찔러대기까지 하는 그의 서슬 퍼런 협박조의 언행에 더 이상 항의를 할 수 없었다. 알몸의 상태로 쭈뼛거리며 서있는데 빨리 가라며 소리를 버럭 지르고 재차 가라고 어깨를 밀어대는 통에 속옷만 겨우 입고 알몸이나 다름없는 상태로 나올 수밖에 없었다.

하는 수 없이 그곳에서 나온 나는, 그래도 경찰이라면 나를 도와주겠지 싶어 역 앞에 있던 파출소를 찾아갔다. 속옷만 입은 상태로 거기까지 찾아온 나를 보며 놀라는 한 경찰관에게 자초지종을 설명하고 그 헌병을 신고하겠다고 말했다. 그러나 빼앗긴 소지품과 옷을 찾아 줄 수 없겠냐며 읍소하는 나를 본체만체 하는 것이 아닌가? 경찰이지만 군대에서 하는 일에는 관여를 할 수 없으니 이곳에서도 딱히 도와줄 방법이 없다는 것이었다.

서울에 올라온 지 며칠 지나지도 않아 친구에게 어렵게 준비한 학자금 모두 빼앗기고 군인에게 끌려가 어처구니없는 강도를 당하고 마지막 보루로 여겼던 경찰마저 도움을 줄 수 없다고 잘라 말을 하는 상황을 보니 헛웃음마저 나왔다. 당시 내가 서울로부터 받은 첫인상이 여기가 바로 무법천지구나 라는 것이었다. 그래도 그 경찰관은 이렇게 날도 추운데 속옷 차림으로 거리를 활보하다가는 또 끌려갈 것이라며 누군가 입다 버리고 간 헌 내복을 내어 주었다.

꼭 한번 만나고 싶은 분

주섬주섬 경찰이 건네 준 헌 내복만 입고 파출소를 나오고 보니 앞으로 어떻게 해야 할 지 걱정이 이만저만이 아니었다. 아는 사람 한 명도 없는 서울 천지에서 갈만한 곳도 마땅치 않았던 나는 고민 끝에 서울역 대합실의 여객 전무실을 찾아갔다.

내복 바람으로 오돌오돌 떨면서 문을 여는 초라한 행색의 나를 본 여객전무는 따뜻한 보리차 한 잔을 내어주며 어떻게 왔느냐고 물었다. 서울에 처음 왔으며 믿었던 친구가 서울에서 지낼 돈을 모두 가져가서 돌아오지 않는다. 설상가상으로 헌병한테 잡혀가 수중에 갖고 있던 짐도 모두 빼앗겼노라고 그간의 사정을 설명했다. 그리곤 돈 한 푼 없어 고향에 돌아갈 차비도 마련할 수 없는데 어떻게

진라북도 남원역까지만 무임승차를 할 수 없겠느냐 애걸복걸했다,

"선생님께서 저를 좀 도와주세요. 오갈 데가 없어 딱 얼어 죽게 생겼습니다."

이곳에서마저 거절을 당한다면 아는 사람 한 명 없는 서울 하늘 아래에서 비명횡사할 수밖에 없다며 훌쩍였다. 사정사정하는 내 모습이 딱해 보였는지, 그분께서는 밤 9시 30분에 서울을 출발하는 남원행 완행열차에 무임승차할 수 있도록 도와주었다. 게다가 내복만 입고 고향에 내려갈 수 없는 노릇 아니냐며 헌 옷가지라도 입고 가라고 말씀하시며 누군가 버려두고 간 겉옷까지 챙겨주었다. 또 먼 길을 가야 하는데다가 수중에 가진 돈이 없어 내내 굶고 있던 것 아니냐며 뜨끈한 국밥 한 그릇도 사주었다. 정신없이 국밥을 말아먹고 나니 그제야 내 몰골이 눈에 들어왔다. 돈도 빼앗기고, 짐도 빼앗기고, 제대로 씻지도 못해 때가 덕지덕지 앉은 얼굴이며 몸이며… 완전 거지꼴이었다.

그때 당시엔 경황이 없어 여객 전무님의 이름조차 알아두지 못했던 것이 한으로 남아 있다. 난생처음 경험했던 서울의 냉정함 속에서 유일하게 따뜻함을 선물해주었던 그분은 생명의 은인이나 다름없다. 그럼에도 불구하고 그때는 꿈과 희망도 모두 빼앗긴 처지에 대한 비관만으로 다른 생각을 할 겨를이 없었다는 변명만 내어놓을 뿐이다.

만일 그분이 생존해 계신다면 꼭 찾아뵙고 싶다. 이미 지금까지 여러 번 그분의 행방을 수소문하기는 했다. 서울에서 고등학교를

다니고 군대를 다녀오고 직장 생활을 하며 자리를 잡기까지는 십수 년이 훌쩍 지나가 버렸다. 먹고 살기 바빠서 그분에 대한 고마움만 간직한 채 찾아 뵐 엄두를 내지 못했다. 어느 정도 기반을 마련한 후에 서울역의 여객 전무실을 다시 찾아가보았시만 이미 오랜 시간이 지난 후였던 터라 당시에 있던 여객 전무실은 없어진 지 오래였다. 기억 속에 남아 있는 그 분의 희미한 인상착의만으로는 여객 전무님을 알고 있는 사람을 찾는 것이 불가능했다. 그분께서 이 글을 보실 수 있을지 모르겠지만, 이 지면을 빌어 그때 정말 감사했다고 뒤늦게나마 이렇게 큰절을 한번 올린다고 말씀을 드려본다.

이름 모를 은인이신 여객 전무님께

안녕하세요, 전무님, 저를 기억하실지 모르겠습니다. 제 인생을 되돌아보는 글을 쓰면서 지나온 날들을 거슬러 올라가다 보니 가장 뵙고 싶은 분이신 전무님에 대한 감사 인사를 써야겠다는 생각부터 들었습니다. 아주 오래전 너무나 추웠던 겨울날 전무실의 문을 열었던 전라도 촌놈입니다.

내복 차림으로 무작정 찾아와 무임승차를 부탁드렸던 저를 외면하지 않으셨던 덕분에 지금의 제가 있을 수 있었다고 생각합니다. 만약 그때 돈 한 푼 내지 않고 열차를 타겠다던 저를 내쫓으셨다면 그 추웠던 겨울날 제가 어디에 가서 몸을 의지할 수 있었겠습니까?

그리고 고향에 돌아가 다시 적은 돈이나마 가지고 다시 서울로 돌아올 수 있었을까요? 저는 그날 전무님을 만나 뵙게 되었던 것이야 말로 제 인생에 찾아온 첫 번째 행운이라 여기고 있습니다.

너무 많은 시간이 흘러버린 탓에 인자하셨던 미소만 떠오를 뿐 안타깝게도 저는 전무님의 얼굴 생김새를 정확하게 기억하지 못하고 있습니다. 지금도 가끔 서울역 앞을 지나갈 때면 오래전 그날과 전혀 다른 풍경으로 변해버린 서울역에서 전무님을 만났던 그날을 떠올려보곤 합니다. 참으로 많은 것이 변했습니다. 제 기억에 생생한 서울역사의 모습은 지붕이 둥그런 돔 양식으로 되어 있고 빨간 벽돌처럼 보이는 붉은색의 타일로 벽면을 가득 채운 모습입니다. 그러나 예전의 서울역사는 구역사가 되어버렸고 그 옆에 예전보다 훨씬 더 넓은 신역사가 들어서 있지요. 전무님께서도 많은 것이 바뀐 서울역의 모습을 보셨는지 모르겠습니다. 예전에 일하셨던 곳이 이렇게 발전해 있는 모습을 보신다면 감회가 새로우실 것입니다. 제가 살아생전에 전무님을 만날 수 있을지 모르겠습니다. 무임승차를 부탁드렸던 날은 너무 다급한 나머지 앞뒤 생각할 겨를도 없이 감사하다는 인사만 드리고 완행열차에 몸을 실었습니다. 그때 왜 이름 석 자라도 여쭤 볼 생각을 하지 못했는지 너무나 후회하고 있습니다. 만약 전무님 존함과 함께 나중에 연락을 드릴 수 있을만한 방도를 여쭤보았더라면, 지금 이렇게 전무님을 찾지 못해 애태우지 않아도 될 텐데 하고 말입니다.

죄송합니다, 전무님.

먹고 사는 문제로 일에만 매달려 있느라 좀 더 일찍 찾아뵈었어야 하는데 그러지 못했습니다. 겨우 살만해지니 전무님께서 베풀어 주신 호의와 친절에 보답해야겠다고 진무님의 흔적을 찾기 위해 서울역을 자주 찾았지만 전무님이 일하시던 여객 전무실은 이미 다른 사무실로 변해버린 지 오래라 하더군요. 제 인생을 되돌아보는 글을 쓰면서 지나온 날들을 거슬러 올라가다 보니 가장 뵙고 싶은 분인 전무님에 대한 감사 인사를 써야겠다는 생각을 하였습니다.

이름조차 모르는 제게 은인이신 전무님!

제가 쓴 저의 이야기들이 어디까지 퍼져갈 지 모르겠지만 혹시라도 누군가 전무님과 인연이 있는 사람이 나타나 제가 죽기 전에 전무님 소식 한 자락 들을 수 있기를 바라고 있습니다. 세월이 너무나도 많이 흘러버린 탓에 이미 세상을 떠나셨다면 전무님의 자제분들이라도 만나서 그 날의 은혜를 꼭 갚고 싶습니다.

너무나도 감사하고 또 감사했습니다. 전무님께서 베풀어 주신 은혜를 기억하며 저 역시도 저처럼 막막한 상황에 놓여있는 이들이 도움의 손길을 요청할 때 결코 외면하지 않을 것을 약속드립니다. 부디 생존해 계셔서 전무님의 얼굴을 뵐 수 있기를 고대하겠습니다.

너무나 큰 은혜를 입었던 김학영 올림

2023년 11월 자서전 집필 중에

하는 수 없이 순창으로

여객 전무님의 도움을 받아 밤 9시30분에 서울서 출발하는 남원행 야간열차에 몸을 실었다. 불과 며칠 사이에 평생 다할 고생을 한 것 마냥 온 몸이 피곤했지만, 오만가지 걱정과 고민으로 잠 한숨 제대로 잘 수 없었다. 그렇게 서울을 떠난 나는 새벽을 조금 넘긴 시간이 되어서야 남원역에 당도할 수 있었다.

서울역에서 이름도 모르는 분으로부터 한 번의 도움을 받아 본 터라 남원역에서도 그러한 도움을 받을 수 있을 것이라 기대를 했다. 남원역에 도착하자마자 나는 광주행 버스 기사님들이 모여 있는 곳을 수소문했다. 땡전 한 푼 없는 처지에 열차를 무임승차로 탔던 것처럼 버스도 그러한 도움을 받을 요량이었다. 다행히도 금방 광주행 버스를 운전하는 기사님을 찾을 수 있었고 버스에 무임승차할 수 있게 해달라고 부탁을 드렸다. 기사님은 초라하기 그지없는 행색을 보더니 어찌 된 사연인지 물어 보지도 않고 흔쾌히 무임승차를 허락해 주었다.

기사님의 배려 덕분에 아침 7시 30분에 출발하는 광주행 첫 차에 탈 수 있었고, 순창군 인계면 중산리 앞에 도착해서 버스에서 내렸다. 기사님께 거듭 감사하다고 인사를 올리는 어깨를 '툭'하고 한번 두들기시더니 먼 길 왔을 텐데 고생했다며 웃어 보이곤 버스를 출발해 가셨다. 문제는 이렇게 거지꼴을 하고 집으로 돌아가게 되면,

어머니께서 기함을 하실 지도 모른다는 사실이었다. 돈 이만 환이라는 거액을 들고 불과 며칠 전에 서울에 간다며 나섰던 아들이 돈도 빼앗기고 옷가지며 가지고 갔던 짐도 모두 빼앗긴 채 돌아온 것을 알면 실망이 이만저만 아니실 것이 분명했다.

고민 끝에 나는 돈 이만 환을 들도 나를 버려두고 사라져버린 친구 대신 그 녀석의 부모님을 찾아뵙기로 결심했다. 그러나 막상 친구 녀석의 집안 꼴을 보니 내 사정도 말이 아니었지만, 친구네는 너무나 어렵게 살고 있는 듯했다. 하루 끼니를 걱정해야 할 정도로 어렵게 살고 있는 사정으로 허름한 지붕이며 불도 자주 때지 않았는지 방바닥이 차가운 것이 참으로 딱한 형편이었다. 그래도 명색이 서울에서 살다가 피난을 내려왔으니 넉넉하지는 않더라도 먹을거리를 걱정하지 않아도 될 정도로 챙겨서 내려왔겠지 하고 기대한 내가 바보였다.

"너 하죽 마을에 사는 학영이 아니니?"

갑작스럽게 찾아온 아들 친구인 나를 아는 체하는 그의 부모님께 드릴 말씀이 있어서 이렇게 찾아왔다고 말씀을 올렸다. 그리고 친구와 함께 서울 올라간 일이며 수중에 가지고 있던 돈을 모두 가져가고서 나타나지 않아서 고생한 그 간의 상황을 소상하게 설명 드렸다. 내게 자초지정을 모두 들으신 그 녀석의 부모님은 아들을 잘못 키웠다며 친구를 대신해 내게 두 손이 발이 되도록 빌고 또 비셨다.

전쟁 통에 그저 목숨만 부지할 생각으로 아무것도 챙겨 내려오지 못한 까닭에 남의 집 일이나 도우면서 근근이 살아가고 있던 친구네 집안의 사정을 생각하니 나는 그 녀석의 부모님으로부터 한 푼도 변제 받지 못할 것이 분명했다. 한숨이 저절로 새어 나오는 순간이었다. 하지만 그 녀석에게 속아서 서울에서 고등학교를 다니려 했던 계획이 수포로 돌아간 지경인데다가 어머니께 어렵사리 허락을 받아 마련했던 이만 환을 속아서 모두 잃고 빈손으로 귀가할 수 없었다. 도저히 어머니를 뵐 면목이 없었던 것이다.

한숨을 내쉬며 고민하던 나는 그 녀석의 부친에게 부탁을 하나 드렸다. 이 꼴로 집에 돌아갈 수 없으니 풍산면 죽곡리에 있는 우리 집에 가서 소 팔고 받았던 자금 중 어머니께 비상금으로 드렸던 현금 천환과 내가 입을 옷 한 벌을 챙겨와 달라는 부탁이었다.

통행금지가 있던 시절이라 밤길을 걸어간 그의 아버지는 쉬이 돌아오지 않았다. 다음날 새벽같이 어머니와 함께 온 걸 보면 아마 통행금지에 걸린 게 아니라 우리 집까지 무사히 갔는데 어머니께서 같이 가자고 재촉하시는 통에 통금이 풀릴 새벽 시간까지 기다렸던 것이 아닌가 싶다. 한눈에 봐도 가난한 태가 묻어 있는 이가 내 부탁을 받고 왔다며 돈과 옷을 내어 줄 것을 요구하니 어머니께서 얼마나 기겁을 하셨을지, 그리고 도저히 믿고 싶지 않은 이야기를 들으시곤 당신의 눈으로 직접 확인 해보겠다고 그 녀석의 아버지를 앞장세워 그 새벽길을 한달음에 달려오셨다.

그리고 거지꼴을 하고 앉아 있는 모습을 보시곤 "아이고 아야, 이게 무슨 일이당가 퍼뜩 말 좀 해라." 바닥을 치시며 눈물부터 쏟아 내기 시작하였다. 그간 어떤 일이 있었기에 이 모양 이 꼴로 고향 집에 오지도 못하고 지척 거리에 숨어 있는 것인지 물어 오는 어머니께 서울에서 당했던 일들을 고스란히 말씀드렸다. 잠자코 이야기를 들으시던 어머니께서는 집으로 돌아가자며 나를 일으켜 세우셨다. 그러나 나는 집에 돌아갈 생각이 없었기에 함께 집에 가자며 팔을 붙들고 완고하게 나오시는 어머니께 죄송하다는 말씀밖에는 드릴 말이 없었다. 연신 죄송하다고 빌면서, 속으로는 기필코 서울로 다시 올라가겠다고 마음을 가다듬었다.

다시 서울로 올라갈 결심을 하다

어머니의 말씀을 따라 집으로 돌아가게 되면 나는 영영 고등학교의 문턱을 넘지 못하리라는 것을 알고 있었다. 이미 소를 팔아 돈을 내어 주셨기에 더 이상 내게 돈을 쥐어 주실 분도 아니셨다. 고등학교를 가기 위해선 고향을 떠나야 한다는 생각뿐이었고 한사코 나를 집으로 데려가려는 어머니와 옥신각신 한 끝에 어머니께 마지막이라며 약속을 하겠다고 말씀드렸다. "이제 서울로 올라가면 어느 누구도 믿지 않고 내가 알아서 살아가겠으니 어머니는 걱정 붙들어 매세요." 그리고 이제 해결이 되었으니 내 걱정은 하지 말고 어서 집으로 돌아가시라고 청했다. 몸도 고생이지만 어린 것이 혼자 마음고생을 했을 생각에 어머니께서 눈물을 보이는 바람에 나도 자꾸만 눈물이 날 것 같았다. 말없이 아침 식사만 겨우 끝내고 집으로 돌아가시는 어머니의 뒷모습을 바라보며 꼭 성공해서 고향으로 금의환향하겠다고 다짐을 하였다.

실은 지난밤에 곰곰이 생각을 하던 중 내가 중학교 때 뵈었던 선생님 한 분이 서울에 계시다는 기억이 났다. 그분께 도움을 청하면 외면하지는 않을 것이란 일말의 기대를 품고 있었다. 다시 남원역으로 향하는 발길을 재촉하면서 일이 틀어질 것이란 생각 대신 모든 것이 다 잘될 거라며 스스로 자기최면을 걸었다.

남원역에서 야간열차를 타고 두 번째 서울행 길에 올랐다. 그때가 1953년 12월 말이다. 서울역에 도착해보니 눈비가 섞여 내리고 있었다. 우산도 없이 고스란히 눈비를 맞으며 서울역에서 정릉까지 한 9킬로미터 거리를 걸어갔다. 내가 떠올린 선생님은 중학교 때 수학을 가르쳐 주었던 서석산 선생님이었다. 중학생 시절에 선생님으로부터 언젠가 서울에 오면 한 번 찾아오라며 종이에 적어 주었던 서울 집 주소를 머리에 외워 두었던 까닭에 그분 집을 찾을 수 있을 것이라 자신했다. 그러나 두 번째 서울행임에도 불구하고 내가 서울 지리에 대해 알고 있는 것하곤 역전의 파출소와 식당 등 서울역이 있는 용산구의 일부분밖에 되지 않았다. 도무지 어디로 가야 정릉이 나오는 것인지 방향이 헷갈릴 때면 오고 가는 사람을 붙들고 묻기를 여러 차례 결국 예상했던 시간보다 지체되기는 했지만 무사히 정릉까지 찾아갈 수 있었다. 어느 집 대문 앞에서 선생님이 적어 주신 번지수를 확인한 시간은 아침 일곱 시 반쯤으로 기억한다. 조심스럽게 "여기가 서석산 선생님 댁이 맞나요?" 라고 여쭙자 사모님이 나오시며 "맞는데 어떻게 찾아 왔냐?"며 물으셨다. 서 선생님께서 순창중학교에 계실 때 수학을 배웠던 제자라고 대답을 하니 반기시며 나를 안으로 들이셨다. 마침 선생님이 일어나 계셔서 먼저 큰절부터 올린 후 그간의 사정을 천천히 말씀드리기 시작했다. 그러던 중 내가 입고 온 옷이 축축하게 젖어 있는 걸 보신 사모님께서는 눈비를 맞으면서 서울역에서 여기까지 그 먼 길을 걸어온 것이냐며 놀라셨다. 그리곤 시간이 많으니 이야기는 천천히 하고 밥부터 먹으라고 하시면서 부엌으로 들어가서 따뜻한 밥과 국을 한상 차려 주었다. "밤새 기차를 타고 오느라 아무것도 먹지 못했겠네, 차린 건 없지만 어서 먹으렴." 젖은 옷도 벗으라며 감기 걸릴까 걱정하였다.

온통 젖어 한기에 떨던 몸에 따뜻한 음식이 들어가니 그제야 살 것만 같았다. 허겁지겁 밥 한 그릇을 다 비우고 사모님께 잘 먹었다는 인사를 드린 후 선생님을 찾아오게 된 사연을 꺼내놓기 시작했다. 고등학교에 진학하기 위해 서울에 오기까지의 과정과 친구에게 이용당해 소를 팔아 마련한 학자금도 빼앗긴 것, 그리고 수중에 가진 돈이 많지 않다는 이야기까지 하고나서 선생님께서 지금 계신

학교에 저를 입학할 수 있게 도와주실 수 있는지 여쭈었다. 선생님께서는 일단 학교에 한번 가보고 나서 결정하는 것으로 하자고 당신의 뒤를 따라오라 하시며 앞장을 서셨다. 그때 선생님과 함께 발걸음을 옮겼던 학교가 신당동에 위치한 백남고등학교였다. 이 학교는 단국대학교의 전신이 된 곳이다.

선생님의 도움을 받지 않고 홀로서기를 결심하다

선생님과 함께 찾아간 백남고등학교에 대한 첫 감정은 실망이었다. 적어도 고등학교라 게다가 대한민국 수도 서울에 있는 학교라면 번듯한 교실을 갖추고 학교다운 모습을 하고 있어야 한다는 기대를 품고 있던 내가 도착한 곳은 낡은 천막을 세워놓고 책상에 앉아 수업을 받는 학생들의 모습이었다. 도저히 학교의 모습으로 볼수 없는 광경에 실망감을 감출 수가 없었다. 나중에야 그때를 되돌아 보건대 전쟁으로 폐허가 된 서울 땅에서 멀쩡한 건물로 남아있는 고등학교를 볼 수 없는 것이 당연한 일이었는데, 어린 마음에 눈에 보여지는 것만을 염두에 둔 까닭이 아니었을까 싶다.

백남고등학교를 돌아본 직후 선생님께서는 "어떻게 이 학교에 다닐 생각이 있느냐?"고 물으셨다. 어떻게든 고등학교에 가기 위해 고생을 하고 또 무리를 해가면서 서울로 올라온 내게 다닐 생각이 있느냐고 물으시는 건 실망한 기색이 역력한 표정을 읽으셨던 까닭이었는지도 모르겠다. 나는 일단은 서울 지리도 익힐 겸 혼자 이곳저곳을 둘러볼 생각이라 대답하며 저녁에 선생님 댁으로 찾아뵙고 하룻밤만 더 신세를 지겠다고 말씀드렸다.

선생님과 헤어져 혼자 서울 구경에 나섰지만 도통 서울의 풍경들이 눈에 들어오지 않았다. 사실은 학교가 전혀 학교 같지 않아서 망설여진다고 대답을 드리자니 당장 학교에 진학하겠다며 자신을 찾아온 제가 이것저것 재는 모습에 화를 내실 수도 있는 노릇이었다. 서울을 구경하겠다는 핑계로 잠깐의 상황을 모면하기는 했지만 앞날이 캄캄했다. 어떻게 해야 할 지를 결정해야 했다. 어머니께 받아온 돈 천환으로 당장 지낼만한 방을 구하는 것이 먼저였다. 기거할 곳을 마련해야 가까운 곳으로 다닐만한 학교를 찾아보고 생활비를 마련할 일자리를 구할 수 있다는 생각이었다.

"저 어르신 제가 서울 초행길이라 그런데요. 혹시 이 근방에 싸고 좋은 방이 있을까요?" 서울 곳곳을 돌아보면서 거리에서 만나 뵌 어르신들께 어디로 가면 아주 싼 사글세방을 구할 수 있는 지를 여쭤보며 다녔다. 돈암동 쪽에 가면 월세가 제법 싼 방을 얻을 수 있다는 대답을 들은 나는 선생님 댁으로 가서 일단 방을 구해 낮에는 일하고 밤에는 학교를 다니는 방향으로 결정을 했다고 말씀을 드렸다. 하룻밤 더 신세를 진 후 사모님께서 차려 주신 아침을 먹고 선생님 내외분에게 작별인사를 올렸다.

정릉의 선생님 댁을 나와 내가 향한 곳은 돈암동이었다. 그리고 고향을 떠나올 때 어머니께서 쥐어 주신 천 환 중 이백 환을 써 자취방을 구할 수 있었다. 거주 문제를 해결하고 나니 일을 해야겠다는 생각이 들었다. 당장 학교를 알아볼 수는 없는 노릇이니 먼저 돈부터 모아서 나중에 번듯한 고등학교에 들어갈 심산이었다. 학비를 대며 생활비를 마련하기 위해서는 돈이 필요했다. 일단은 돈부터 모으고 천천히 내가 다닐만한 야간 고등학교를 알아보기로 했다.

그때부터 닥치는 대로 일만 했던 것 같다. 구두닦이며 신문팔이, 껌팔이 등 나같이 체구도 작고 힘도 없는 사람들이 할 수 있는 일은 한정적이었다. 그래도 작은 돈이나마 벌 수 있다는 사실에 감사하며 가능한 많은 시간을 할 수 있는 모든 일에 몰두했다. 나처럼 거리로 나온 아이들이 많았다. 구두를 닦을 때면 나보다 나이도 많고 체격도 건장한 아이들이 나를 찾아와 누가 이곳에서 구두를 닦아도 좋다고 허락했느냐며 내가 메고 있던 통을 바닥에 던져버리며 시비를 걸곤 했다.

신문을 팔거나 껌을 팔 때도 마찬가지였다. 일종의 텃세였던 셈이다. 날로 심해지는 패거리들의 횡포를 견디다 못해 대들었다가 흠씬 맞기도 했다. 더 이상 그들과 싸우면서 계속 일을 할 수 없었던 나는 궁리 끝에 찾아간 곳이 바로 용산에 있는 미8군 부대였다. 미8군 부대는 한국 전쟁 당시 한반도로 투입된 미국 군대로 지금도 여전히 용산에 자리를 하고 있으면서 북한의 도발 위협으로부터 한반도를 지켜주고 있는 든든한 우방의 상징이다. 내가 미8군에서 일할 당시에는 맥스웰 데번포트 테일러(Mexwell Davemport Taylor)장군이 사령관으로 있었다.

당시 미8군 부대는 나 같은 고학생이 일을 하기 위해 많이 찾아가는 곳이었다. 미군의 잔심부름이나 다들 기피하는 더럽고 힘든 일들까지 온갖 잡일을 대신 해줄 사람을 구해 제법 많은 돈을 준다고 소문이 자자했다. 온통 미국 사람들뿐이어서 말이 제대로 통하지 않아 애를 먹고 있을 때 영어를 잘하는 한국인이 나타나 난처한 상황에서 나를 구해주었다. 그는 무작정 어떤 일이라도 좋으니 열심히 하겠다며 한번 기회를 달라고 사정하는 나를 데리고 한 미군 장교의 숙소로 향했다. 영어는 잘 못하지만 눈치가 다르니 일을 한 번 맡겨보라고 말을 잘해준 덕에 찾아간 날 바로 하우스보이 일을 시작할 수 있었다.

말이 좋아 하우스보이로 불렸지만, 허드렛일이나 하는 잡부나 다름이 없었다. 정확하게 의사소통을 할 수는 없었지만 눈치껏 잔심부름을 척척 해내는 내가 기특해 보였는지, 그 장교의 배려로 제법 보수가 좋은 식당청소며 잔디 깎기까지도 할 수 있었다. 내가 할 수 있는 일이 조금씩 늘어난 덕분에 생각보다 빨리 돈을 모을 수 있었고, 고등학교에 진학하는 시기를 앞당길 수 있었다.

광운전지고등학교에 진학하다

악착같이 돈을 벌면서 내가 다닐만한 야간 고등학교를 수소문하기 시작했다. 몇 곳의 학교를 염두에 두었고, 최종적으로 동국무선고등학교에 가야겠다는 결정을 내렸다. 계속 배워서 대학까지 가고 싶은 욕심도 있었지만, 내가 서울로 올라왔던 가장 큰 이유가 고등학교 졸업장을 바탕으로 돈을 벌기 위해서였던 만큼, 돈을 많이 벌 수 있는 곳이 바로 동국무선고등학교라 생각했기 때문이었다. 이 동국무선고등학교는 현재는 광운전자공업고등학교로 이름을 바꾼 곳이기도 하다.

서울로 올라온 지 1년여 만에 고등학생이 되었다. 내가 동국무선고등학교의 야간부 학생으로 입학을 한 시기가 1954년 3월이었다. 야간 고등학교를 다니기 시작하면서 나는 더 이상 수입이 들쑥날쑥한 잡일만 할 수는 없었다. 고정적인 수입이 있어야 마음 놓고 공부를 할 것이 아닌가? 그래서 저녁에 학교에 등교할 시간에 맞추어 일이 끝나는 일을 찾아 나섰다.

생각해보면 나는 '무데뽀' 기질이 다분한 사람이었던 것 같다. 돈한 푼 없이 서울에서 순창까지 갈 수 있던 것도 무데뽀로 여객 전무님과 버스기사님을 찾아가 사정한 끝에 가능했던 일이었다. 내가 고등학생이 되면서 낮에 할 만한 일을 찾아낸 방법 역시 무데뽀로 그냥 찾아가 사정을 설명하며 부탁하는 방법이었다. 내가 주간에

할 수 있는 일을 찾아야겠다는 결심을 하고 그때 당시에 찾아갔던 내무부의 토목시험소였다. 만약 다른 곳으로 찾아 갔었더라면 건설인으로 반백 년을 보내지 못했을 거란 생각을 해본다.

무작정 일을 맡겨 달라며 찾아갔던 내무부 산하 토목시험소에서 현재 직함으로 따지자면 이사관급에 해당하는 소장 직무를 맡고 계셨던 고광헌 소장님을 만나게 되었다. 고향이 같은 전라도 출신이라는 사실에 반갑게 맞아 주셨던 소장님께서는 전라남도 광주 송정리 출신이었다. 꼭 취직을 해서 학비 걱정 없이 고등학교를 마치고 싶다고 사정을 이야기하는 나의 겁 없는 용기 혹은 의지를 가상히 여기셨는지는 몰라도 소장님은 내게 서울 시청 앞에 자리한 2층짜리 목조건물의 2층에 있던 三江建設株式會社의 박경래(朴慶來) 사장을 한 번 찾아가보라고 말씀하였다. 그리곤 그 자리에서 '이 편지를 들고 가는 학생에게 소사(급사) 일을 맡겨주라.'는 부탁을 적으신 소개장을 손에 들려주었다.

물어물어 시청 앞 현재의 프라자 호텔이 있는 자리인 삼강건설주식회사의 사무실을 찾아갔다. 소개장을 읽어보신 박 사장님은 내일부터 총무부로 출근하라는 말과 함께 엄보섭 과장님을 찾아가보라고 하였다. 그때부터 건설회사와 나와의 인연이 시작되었다. 소개시켜주신 분의 얼굴에 먹칠을 하지 않겠다는 다짐과 어떻게든 열심히 일을 해서 고등학교를 무사히 마치겠다는 결심은 어떤 일을 하든 최선을 다하게 만들어주는 기폭제 역할을 해주었다.

니무나 얼심히 일히는 내 모습에 믿음을 가지셨던 김민호(金民鎬) 상무님 및 엄보섭 과장님은 늘 나를 눈여겨 봐주셨고, 그분들의 신임 덕에 현장으로 출장을 갈 기회를 얻을 수도 있었다. 그렇게 시간이 흘러갈 무렵, 당시 삼강건설의 고문이셨던 충북 옥천 출신의 제헌국회의원 정구삼 고문님도 만나 뵙게 되었다. 정 고문님은 내게 왜 하필이면 동국무선고등학교로 진학을 했느냐며, 꿈은 크게 가질수록 좋다는 조언을 해주었다. 그리고 내가 그동안 봐온 자네는 얼마든지 더 높은 자리에 올라갈 수 있는 사람이라며 격려도 아끼지 않으셨다. 정 고문님은 내게 대학에 갈 것을 권하셨고, 무선 계통이 아닌 정치대학 쪽으로 방향을 잡아볼 것을 당부하기도 했다.

당시 내가 동국무선고등학교로의 진학을 선택했던 것은 단지 돈을 많이 벌어볼 요량으로 항해사가 되겠다고 결심했었기 때문이었다. 그놈의 돈 때문에 지금껏 받아왔던 설움을 한 방에 씻어버리고 싶었던 욕심이었다. 정 고문님은 이런 내 생각을 들으시곤 왜 위험한 선박을 타려고 하느냐며 어려운 형편인 것은 알지만 그럴수록 좀 더 큰 포부를 갖고 야간대학이라도 진학해 사회에 필요한 일꾼이 되는 것이 더 나을 것이라 말씀하였다.

정 고문님의 말씀을 가슴에 새기면서 나는 꿈의 방향을 틀었다. 항해사가 아닌 법관이 되겠다고 말이다. 당시의 법관은 월급은 그리 많지 않았지만, 사회적으로 존경을 받는 대상이었다. 내가 경제적인 성공을 이룰 수 있는 항해사 대신, 법관이 되고자 했던 것은 사회에 필요한 일꾼이 되라는 정 고문님의 조언 덕분이었다. 그리고 사회적 지위가 올라가면 당장 손에 쥘 수 있는 돈은 적더라도 남들로부터 업신여김을 당하지 않을 것이 분명했고, 언젠가는 많은 이들의 존경을 받는 청렴한 법관이 되겠다는 자신과의 약속도 있었기 때문이었다.

1950년대에 대한민국 초대 대법원장을 지내신 가인(街人) 김병로 선생은 순창군 출신으로 "법관은 최후까지 오직 '정의의 변호사'가 되어야 한다."는 유명한 퇴임사를 남기셨다. 나 역시도 그때 당시엔 전쟁 직후의 혼란에 빠진 대한민국을 바로잡는 정의로운 법관을 꿈꾸었다. 꿈을 향한 도전을 멈출 수 없었던 나는 낮에는 일을 하고, 밤에는 공부를 하는 말 그대로 晝耕夜讀의 삶을 살았다. 어려운 형편 탓에 새 문제집을 살 엄두조차 내지 못했고 누군가 공부한 흔적이 역력한 중고 책을 구해다가 책장이 너덜너덜해질 정도로 보고 또 보았다. 그렇게 열심히 대학 입학시험을 준비했던 나는 당당히 입학시험에 합격을 할 수 있었다. 이후에 진학한 곳이 지금의 건국대학교의 전신이라 할 수 있는 정치대학이었다. 정치대학은 해방 다음 해인 1946년 5월 15일에 상허 유석창(常虛 劉錫昶) 박사가 설립한 '조선정치학관'이 1949년 9월에 승격되면서 정치대학으로 학교명이 바뀐 곳이다.

그때의 내 학번이 57학번이니, 지금의 대학 1학년 학생들 2023학번들이 그 시절의 학업 과정에 대한 이야기를 들으면 무척이나 생소하게 느껴질 것만 같다. 세대 간의 갈등이란 것은 어쩌면 앞서 크

[사진 2] 광운전자고등학교 3학년 때의 모습

고 작은 역사적 사건들을 경험해본 선배들과 미처 역사를 경험해보지 못한 채 새로운 문화 속에서 살고 있는 후배들 사이에 놓여 있는 시간의 벽이 아닐까? 후에 나는 직장생활을 하면서도 나보다 나이가 어리다고 해서 무시하거나 세대차이가 난다는 이유로 멀리하는 법이 없었다. 나와 그들 사이에 세워진 시간의 벽을 인정했고 그들의 사고방식을 존중하려 노력했다.

이만 환이 만든 두 집의 평생 우정

내가 처음 서울에 올라왔을 때 전 재산인 이만 환을 들고 가버린 친구는 내가 오랫동안 꿈꾸었던 미래를 순식간에 빼앗아 간 것이나 다름없었다.

처음엔 그 친구에 대해 원망하는 마음이 컸지만, 시간이 지날수록 원망이 미움보다는 오죽히면 그랬을까? 라는 이해와 너그러움으로 바뀌었다. 훗날 그 친구는 나를 찾아와 그때 자신이 왜 그랬는지 모르겠다며, 무엇인가에 홀린 것만 같았다고 진정으로 참회하고 뉘우치며 잘못을 빌었다. 어느 정도 먹고 살만해져서 그랬는지는 몰라도 나는 그 자리에서 친구를 용서해주었다. 그리고 지금까지 연락을 주고받으며 가장 오래 알고 지내는 친구 사이로 깊은 우정을 나누고 있다.

당장 갈 곳도 없고, 행방을 수소문할 방도도 없었던 그때 당시에야 하늘이 무너지는 것 같은 배신감과 어떻게 서울에서 살아남을지 막막한 마음에 그 친구를 많이도 미워했었지만, 미움은 세월이 흘러가면서 차츰 희미해져 갔던 것이었다. 그리고 나는 오히려 그 친구에게 고마운 마음을 갖고 있다. 그가 아니었다면 나는 고향을 벗어나고 싶다는 생각만 굴뚝같았을 뿐 서울로 올라갈 결심을 하고 실행에 옮기지 못했을 터였다. 만약 서울역에서 그 친구가 돈 이만 환을 들고 줄행랑을 치지 않았다면, 스스로 누구도 믿지 않고 오직 자신만을 믿으며 누구보다 강해지겠다고 굳게 결심을 하고 일어설 용기를 갖지 못했을지도 모를 일이다.

돈 이만 환으로 얽힌 친구와의 사연은 두 번째 서울행을 만들어준 계기였다고 생각한다. 만일 당시에 그 친구가 돈을 들고 가지 않았다면 나는 돈 이만 환을 들고 방을 구하고 학교를 다니는 순조로운 삶을 살았을 것이다.

그렇게 살았다면 내가 지겹게 겪어왔던 가난을 벗어던지기 위해 그토록 악착같이 일을 하지는 못했을 것이 분명하다. 과거에 누구보다 열심히 일을 하며 공부를 병행했던 나를 만들어준 단초는 바로 그 친구라 해도 과언이 아닐지도 모른다.

대강의 상황을 듣고 한달음에 달려오셨던 어머니와 친구네 집에서 불미스럽게 만났던 녀석의 부모님은 그 날의 일이 인연이 되어 오래도록 서로 왕래하며 지내는 사이가 되었다. 친구의 부모님께서는 항상 "우리 아들 때문에 자네가 죽도록 고생을 했다."며 미안해하였다. 그러나 나는 두 분의 도움이 큰 힘이 되어주었음을 짐작하고 있다. 내가 서울로 올라온 후 약 1년간 우리 집을 찾아가 일손을 도왔던 것으로 알고 있기 때문이다. 두 분이 나서서 우리 집 농사일이며 온갖 대소사를 도와주었던 것은 내가 없던 우리 집에 큰 보탬이 되었을 것이다. 지금은 그 친구의 아버지께서는 작고하시고, 올해로 101세가 되신 어머니께서만 생존해 계시다. 그리고 나는 당시의 돈 이만 환보다 더 큰 고마움을 두 분께 느끼고 있다.

그 친구와 우리 집은 60여 년이 흐른 지금까지도 집안 대소사며, 각종 행사 등에 빠지지 않고 서로 왕래하며 친밀하게 교류하고 있다. 60여 년의 깊은 우정의 시작점은 나를 속이고 훔치다시피 빼앗아 간 돈 이만 환이었지만, 지금 이렇게 생각해보니 돈을 주고도 살 수 없는 값진 인연으로 되돌아 온 것이라 생각한다. 그러니 친구가 가져갔던 이만 환을 수백, 수천 배로 보상을 해준 셈이 아니겠는가?

　아마 죽는 날까지 그 친구는 내게 미안해할지도 모른다. 지금 이렇게 지면을 빌려 친구에게 더 이상 미안해하지 않아도 된다는 말을 해주고 싶다. 네 덕에 지금의 내가 있게 되었다고 생각한다고, 오히려 내가 더 고맙다고 말이다.

제3장

젊은 날의 자화상

법학도 김학영, 그리고 군 입대

　돈을 많이 벌 수 있는 항해사를 꿈꾸던 내게 사회적으로도 인정받을 수 있고 많지는 않아도 꼬박꼬박 돈 떼일 걱정 없이 생활을 영위할 수 있는 직업을 가져 더 많은 사람들을 위해 힘쓸 수 있는 일을 가져보라는 정 고문님의 조언도 있었지만, 주변에서 들려주는 한결같은 조언들의 요지는 꿈은 크게 가질수록 좋다는 것과 지금 내가 가지고 있는 능력을 생각하면 항해사 말고 다른 길을 찾는 것이 훨씬 더 빠르게 성공할 수 있다는 것이었다.

　이러한 주변의 조언들을 들으면서 나는 꿈의 방향을 바꾸기로 결심했다. 항해사가 아닌 법관이 되겠다는 목표를 설정하게 된 것이었다. 스스로의 꿈을 더 높이 설정하게 되면서 나는 동국무선고등학교에서 기존에 배웠던 무선 계통이 아닌, 일반계로 전과를 했다. 쉽지만은 않은 과정이었다. 지금도 마찬가지겠지만 취업에 특화된 전문적인 기술을 배울 수 있는 무선 계통과 대학 진학을 목표로 공부를 해야 하는 일반계는 배우는 과정이 많이 달랐다.

　처음부터 일반계에서 공부를 해왔던 학생들과 학업 수준 차이가 있었기에, 그들을 따라잡기 위해 공부에만 두 배, 세 배의 시간을 할애해야 했다. 일반계로 전과를 하는 순간부터 앞으로 내가 대학에서 배울 전공을 애초에 법학과로 못을 박아두었기에 남들보다 더 열심히 책을 파고들어야 했다.

하지만 여전히 생활비와 학비를 벌어야 하는 처지는 변함이 없었다. 일을 하며 공부를 병행하느라 시간은 늘 부족했고 전과를 하고 난 후 처음 보았던 시험에서 그리 좋은 성적을 거두지 못했다. 공부할 시간이 없었다는 핑계를 대기 싫었던 나는 잠을 자는 시간을 최대한 줄였고, 일을 하면서도 늘 학교에서 배우는 교과서를 옆에 두며 틈이 날 때마다 들여다보곤 했다. 이런 노력이 결실을 맺기 시작하면서 성적도 조금씩 향상되었고 목표했던 정치대학에 진학할 수 있었다.

내가 정치대학에 진학한 것은 1957년 2월의 일이었다. 대학에 진학하면서 나는 일의 양을 줄였다. 학업에 매진해서 하루라도 빨리 사법시험에 합격하겠다는 계획을 가지고 있었기 때문이었다. 대학 입학 후 공부에만 매달리던 내게 입영 통지서가 날아들었다. 바로 군대에 가고 싶지는 않았다. 공부만 해도 모자란 시간에 군대에 들어가서 보내야 할 3년의 시간이 아까웠기도 했지만, 당시 동생 성영이와 함께 살고 있었기에 내가 군대에 가고 나면 동생을 거둘 사람이 없기도 했다.

그래서 입대를 조금 미루더라도 기초가 부족한 법학 전공과목을 온전히 깨쳐서 사법시험을 대비하고 싶었던 나는 한 차례 입영 연기를 했다. 문제는 내가 입영 연기 제도에 대해 제대로 이해하고 있지 못했다는 사실이었다. 난 한 번 연기를 하고 나면 그 다음에는 알아서 자동으로 연기가 되거나 별도로 통보를 해서 재차 연기할 수 있는 기회를 주는 줄로만 알고 있었다. 그런데 실상은 자동 연기나 별도의 통보가 이루어지지 않았다. 나중에야 알게 되었지만, 이미 한 번의 연기 신청이 받아들여져 입대 연기를 한 사람은 무슨 일이 있어도 더 이상 입대를 연기할 수가 없었다.

상황이 이렇다 보니, 자의 반 타의 반으로 군대를 기피할 요량으로 숨어 다니는 청년들이 많아졌다. 나처럼 입대 제도를 잘 몰라서 불가피하게 입대를 기피했다고 오해를 받는 이들이 있었는가 하면 군대에서 죽기는 싫다며 일부러 입대를 기피하는 이들도 있었다. 그도 그럴 것이 1950년 6월 25일에 발발했던 한국전쟁의 여파가 채 가시지 않은 상황에서, 언제 또다시 북한군이 쳐들어올지 모른다는 두려움에 떠는 이들이 많았다. 행여 자신이 군대에 있는 동안 전쟁이 나면 총을 들고 전쟁터로 나가 죽게 될까봐 군대에 가지 않으려고 애를 쓰는 사람들이 적지 않았던 것이다.

입대를 기피하거나 연기하는 사람들의 사연은 각양각색이었다. 공부를 하기 위해서 입대 연기를 하는 사람도 있었지만, 많은 수의 사람들이 입대를 기피했던 이유는 생계유지를 위한 것이었다. 전쟁 통에 급격하게 기울어진 가세 때문에 자신이 입대를 해버리면 당장 가족의 생계가 막막해져 버리기 때문에 입대 기피자라는 오명을 감수하고라도 경찰의 눈을 피해 숨어 지내는 사람들이 태반이었다. 입대를 기피하는 사람들이 늘어나자 나라에서는 대대적인 단속을 벌이기 시작했다. 내가 다녔던 대학에서는 누군가 갑자기 보이지 않기 시작하면 군대에 끌려갔단 생각이 먼저 들 정도로 군 기피자에 대한 강력한 단속이 비일비재하게 일어났다.

1958년 11월 8일경. 아직도 그날이 생생하게 기억이 난다. 내 나이 스물셋의 일이다. 그 무렵을 전후해 군 기피자에 대한 대내적인 단속이 벌어졌고, 한 차례의 입영 연기 이후 입대를 하지 않았던 나 역시 단속 대상으로 분류되어 있었다. 행여나 잡혀가게 될까 봐 버스를 타고 집으로 돌아가지 못했다. 대학에서 수업을 마치면 밤 10시쯤이 되었고, 버스 대신 남산 오솔길을 걸어 집으로 향하곤 했다. 그런데 11월 8일경에 일이 나버렸다. 남산 산속에서 잠복하고 있던 경찰에게 발각되어 붙잡히고만 것이다.

그들에게 제압당한 나는 그 길로 용산역으로 끌려갔다. 얼마간 시간을 주면 집에서 아무것도 모르고 기다리는 동생에게 고향으로 내려가라고 말을 하고 돌아오겠다고 사정을 했지만, 그들은 막무가내로 나를 화물칸에 실어 올렸다. 꼼짝없이 군대로 끌려가게 될 상황이었다. 군대에 가야 한다는 사실보다는 나만 믿고 서울로 올라와, 지금 이 시간에도 내가 학교에서 집으로 돌아오기만을 기다리고 있을 동생 성영이 걱정에 눈앞이 캄캄해져만 갔다.

내가 살던 이태원 집에는 바로 밑에 동생인 성영이가 와있었다. 만약 이 길로 훈련소로 끌려가면 영락없이 동생 녀석 혼자 지내야 했고, 별다른 돈벌이를 하지 못한 채 내가 벌어다 주는 돈으로 생활을 했던 성영이에게 내가 전역할 때까지 서울에서 지낼만한 돈이 있을 리가 없었다. 그러니 동생을 고향으로 돌려보내야 하는 상황인데, 붙잡혀 왔다고 집으로 돌아가 있으라고 한 마디 연락할 방법조차 없었으니 발만 동동 구를 뿐이었다. 동생 생각에 뜬 눈으로 밤을 지새웠는데, 어떻게 알고 왔는지 동생이 용산역으로 나를 찾아왔다. 아마 내가 밤늦게까지 돌아오질 않으니, 뉴스에서 시끄럽게 떠들어대던 병역 기피자 단속에 걸려 잡혀간 줄 알았나 보다. 어차피 훈련소에 가면 빼앗길 것이 분명했기에 들고 있던 소지품과 가방을 동생 손에 들려 보내곤, 이태원 집을 정리해 고향으로 돌아가 있으라고 당부를 했다.

동생과의 짧은 만남을 뒤로하고 나는 야간열차에 실린 채 충청남도 논산 훈련소로 향했다. 연무대에 도착해보니 각 대학 출신의 입대 기피자에 대한 사전 분석 작업을 하느라 분주해 보였다. 사상 검증도 해야 하고, 이들의 기피 사유에 대해서도 조사를 해야 하고, 기본적인 신상 파악도 해야 했던 터라 나를 포함해 잡혀간 이들 모두 바로 훈련소로 입소할 수 없었다. 즉각적인 입소 대신 우리를 기다리고 있던 것은 8일간의 노역이었다. 그 노역은 상상을 초월할 만큼 힘든 것이었다. 얼마나 힘들었는가 하면, 노역을 견디다 못한 한 학생이 탈영을 감행하다 총살을 당하는 사건도 있었다.

지금의 군대와 비교해보면 상상하기 어려운 일이다. 가끔 신문이나 TV 뉴스에서 모처의 군인이 탈영해 검문검색을 강화하고 있다는 보도를 접할 때마다, 탈영하다가 발각되어 총살을 당했던 그 학생의 모습을 떠올리곤 한다. 그리고 나처럼 강제로 군대에 끌려갔던 50~60년대 군인들이 오늘날의 병역비리 사건을 들으면 어떤 생각이 먼저 날지 사뭇 궁금해지곤 한다.

지금이야 합당한 사유만 있으면 입대를 연기하는 것이 수월하지만, 당시에는 입대를 연기할 수 있는 기회는 단 한 번뿐이었으니 말이다. 게다가 요즘은 내가 입대할 때처럼 노역 같은 힘든 일을 하지 않고 곧바로 훈련소로 들어가 훈련을 받는 것으로 알고 있다.

용산역 화물열차에 강제로 실린 지 10일 만인 11월 18일, 나는 15연대로 배정이 되었다. 소대 막사에 도착하니 향도, 서무 1명씩을 선출한다고 하며, 관련된 일을 해본 사람이 있는지를 묻는다. 삼강건설에서 했던 일이 그와 유사한 일이었기에 이러이러한 업무를 해봤노라고 손을 들자, 간부 하나가 "그럼 네가 서무를 맡으면 되겠네."라며 나를 서무로 임명한다는 명령을 내렸다. 당시 향도는 성균관대학교에 다니다가 나처럼 단속에 걸려 강제로 끌려온 '강광'이란 친구가 맡았던 기억이 난다. 향도병은 군대에서 병사들이 대열을 맞추어 행진할 때, 대오의 선두에서 방향과 속도를 조절하는 병사로 사병들 중에서 제식훈련을 가장 잘 수행했던 병사들 가운데서 선발하는 직책이었다.

논산에서 경산으로, 다시 25사단으로

당시 서무로 선출된 나는 논산에서의 2개월 훈련을 마치고 경상북도 경산에 위치한 육군 경리학교 57기로 입소되었다. 서무병은 주로 부대의 행정 업무를 담당하며, 문서를 작성하거나 상부로부터 내려온 지침을 사병들에게 전달하는 등의 업무를 담당했다. 지금으로 치면 행정병이라 볼 수 있을 것이다. 그 밖에도 인사, 경리, 우편 등의 업무까지 담당해야 했기 때문에 경리업무를 볼 수 있는 능력이 필요했다. 이에 서무병으로 선출된 병사들은 육군 경리학교에 들어가 주산, 부기 등을 배우며 경리 업무를 제대로 수행할 수 있도록 교육을 받았다.

육군 경리학교는 1955년도에 대통령령으로 처음 생겨났다. 일반적인 학교처럼 교장과 교감 격의 부교장을 두고 있었지만 모든 직책을 맡는 것은 군 장교와 부사관 등만 할 수 있는 일이었다. 경리학교는 나처럼 경리 업무를 봐야 하는 직책을 맡은 서무병들이 입소해 필요한 교육을 이수하고 퇴소해 각급 부대로 배치되는 과정으로 되어 있었다. 지금은 육군 경리학교가 사라지고 육군 종합행정학교에 편입되어 이곳에서 과거 경리학교에서 받았던 교육과정을 진행한다고 한다.

경리학교에서의 시간은 빠르게 지나갔다. 무엇보다 고된 노역을 하지 않아도 되었으며 힘든 훈련도 적었다. 경리학교에 입소해 있는 동안은 다소 편안한 생활이었다. 여기에 경리학교에서는 여학생들과 가끔씩이나마 사과 밭에서 몰래 데이트를 할 수도 있었기에 경리학교에 입소한 병사들은 지나가는 여학생들을 보며 휘파람을 불면서 추파를 던지기도 했다. 나는 그렇게 휘파람을 불어대지 않았다. 나는 먹고 사는 데 급급하다 보니 여자에 대한 관심도 가질 수 없었다. 대학에 진학해서는 공부만 하느라 남들 다 한다는 연애도 할 시간이 없었다. 종종 얼굴이 예쁜 여학생이 나를 힐끔거리며 관심을 보이곤 했었는데, 여자와 단둘이 마주한 경험이 전혀 없었던 나는 그런 여학생에게 말을 걸어 볼 용기를 내지 못했다.

무심한 듯 일만 묵묵히 해내는 모습이 보기 좋았는지는 몰라도 심심치 않게 내 손에 만나보고 싶다는 쪽지를 쥐여 주고 부끄러워하며 도망가 버리는 여학생들이 나타났다. 그 중에서 유일하게 만났던 여학생이 있었다. 이름을 기억하지 못하지만 웃을 때마다 양볼에 깊게 패인 보조개가 무척 예뻤다. 수업을 마치고 교실 밖으로 나가는데 누군가 내 옷깃을 잡아당기는 느낌이 들어 돌아보니 부끄러워 얼굴이 빨갛게 상기된 여학생이 네모반듯하게 접힌 쪽지를 내 손에 쥐여 주곤 쏜살같이 달아나는 것이 아닌가, 쪽지를 펼쳐보니 단아한 글씨체로 "사과밭 어디쯤에서 기다릴 터이니 몇 시까지 나와 주세요." 라는 내용이었다. 시간이 지나 사과밭으로 나가니 여학생이 기다리고 있었다. 몇 번을 사과 밭에서 만나는 동안 그 여학생은 자대 배치를 받으면 편지를 보내 달라며 집주소도 알려주었고 정성스럽게 도시락을 싸와 건네기도 했다.

이런 단편적인 기억들만 떠오르고 정작 그 여학생의 이목구비도 이름도 떠오르지 않는 걸 보니 당시 삶의 무게로 진심으로 사랑하지 못했구나 싶다. 입대 전까지도 먹고 사는 것에 바빠서 여자를 만날 생각조차 하지 못했고 닥치는 대로 일을 하며 공부를 병행하느라 연애를 할 만한 기회도 시간적인 여유도 없었던 내게 여학생과의 사과밭 데이트는 내 인생의 첫 데이트였다. 그래서 어렴풋한 기억만 남아 있는 것이 조금 아쉽기도 하다.

2개월간의 교육을 수료하고 경리학교를 졸업하자 25사단으로 차출되었다. 25사단에 배정받아 도착을 했는데 3일이 지나도록 배속이 되지 않았다. 부대가 있던 일동리에서 대광리로 25사단 전체가 옮겨가는 부대 이동 과정에 있었기에 배속이 빨리 이루어지지 못했던 것이다. 4일째가 되어서야 대광리에 도착할 수 있었고 72연대 60mm 화기 소대로 배치되었다. 그때 내가 배치된 화기 소대는 조수와 부조수, 포탄 운반병으로 3명이 하나의 조를 이뤄 움직이는 시스템으로 운영되고 있었다. 거의 한달 반을 무거운 포를 운반해 설치하고 포탄까지 장착시키는 방법을 배우고 실제로 수행하면서 고생을 많이 했다. 기존의 부대가 있던 자리가 아니었기 때문에 진지부터 새로 구축해야 했는데, 엉망인 진지 상태를 쓸 만하게 만드는 진지 보수 공사 역시 나를 포함한 화기소대 병사들의 몫이었다. 아침에 눈을 떠서 잠들기 직전까지 계속 공사에 투입되었고 하나부터 열까지 몸을 써야 하는 고된 노동 덕에 다들 퍼져 잠에 곯아떨어지기가 일쑤였다.

행운을 가져다준 과거의 인연

그러던 중 연대 본부에서 나를 찾는다는 전갈이 왔다. 소대장이 연대본부에 가서 서무계 선임하사를 만나고 오라고 명령했고 나는 즉시 연대본부로 향했다. 본부에서 근무하고 있는 사병에게 선임하사가 계신 곳을 물어보았고 그를 만날 수 있었다. 먼저 경례를 하고 신고를 하니 선임하사가 웃으면서 나를 반갑게 맞아주는 것이 아닌가?

"어이, 김학영, 내가 누군지 기억하겠나?"

자신을 기억하겠냐며 웃는 선임하사의 얼굴을 보니 예전에 어디선가 본 듯한 얼굴이었다. 그는 내가 국민학교때 종종 찾아갔던 누님 댁이 있던 전라남도 담양군 무정면 안평리 부락에 살던 분이었다. 내가 누님 댁에 갈 때면 동네 어귀에서부터 몰려다니던 동네 소년들 중 한 명이었다. 누님 댁에 다니러 가면 사나흘을 머물렀었기 때문에 안평리에 살고 있는 아이들과도 안면을 트고 함께 어울리곤 했다. 나보다 한 살 어렸던 김칠영 선임하사는 입대 당시 적어냈던 신상 기록지에 적힌 주소지와 이름을 보고 혹시라도 자신이 아는 순창의 김학영인지 긴가민가해서 확인을 하고자 불렀던 것이었다.

반갑기 그지없었다. 아는 사람 하나 없는 군 생활을 하느라 힘이 들었는데 선임하사라는 힘 있는 사람이 과거에 알고 지내던 사람이라니, 내게도 든든한 일종의 '빽'이 생긴 것 같았다. 어렸을 적 맺었던 김칠영 선임하사와의 인연은 내게 엄청난 혜택을 주었는데, 그분의 도움으로 15일간 특별 휴가를 받을 수 있던 것이다.

"아직까지 휴가 한번 안 갔지? 이번에 휴가를 나가면 보직 변경 신청도 하고 학교도 좀 다녀와야 하지 않겠어. 급하게 끌려오느라 학교에 휴학계도 못 내고 왔을 텐데 말이야."

김칠영 선임하사는 휴가 기간 동안 어떤 일을 하라고 조언을 해주면서 휴가증을 내주었다. 그의 배려 덕분에 진지 공사에서 제외되어 휴가를 낼 수 있었다. 내가 가장 먼저 향한 곳은 육군 본부였다. 훈련소에서 서무병으로 선출되어 경리학교까지 갔다 왔는데 화기소대병이 아닌 경리병으로 보직을 바꿔 달라는 보직 및 학보(일반병)로 변경 신청서를 접수했다. 육군 본부에서 일 처리를 마친 뒤에는 학교로 향했다. 갑자기 끌려와서 학교에 군대를 간다는 연락조차 못 했다. 훈련소와 경리학교 자대배치까지 몇 달여를 그냥 결석 처리가 되었을 터였다. 사무실을 찾아가 군 복무로 인한 휴학계를 제출했다.

내가 휴가를 나올 수 있던 것이 김칠영 선임하사 덕분이었다면, 보직 변경 허가를 받을 수 있던 것은 삼강건설에서 함께 일했던 엄보섭 과장님 덕분이었다. 이전에 고등학교를 다니면서 학비와 생활비를 벌어야 하였기에 삼강건설에서 일을 했다. 열심히 일하는 나를 눈여겨보았던 엄보섭 과장님의 오빠가 정훈감실에 계시는 엄영섭 중령님이므로 그 분을 통해 보직 변경이 이루어 질 수 있도록 힘을 좀 써 달라 부탁을 드렸고, 다행히 엄중령님께서 부탁을 들어주었다.

보름간의 휴가를 마치고 부대로 복귀하고 보니 나의 보직은 72연대 경리과 예산계로 바뀌어 있었다. 경리과에서 충실하게 맡은 바 소임을 다하던 중 1959년 11월에 제대 특명을 받고 전역할 수 있게 되었다. 실제 전역 예정일은 60년 2월이었으나 제대 특명으로 미리 나온 것이다.

1958년 11월 8일경 남산 오솔길에서 경찰들에게 붙들려 입대를 했으니 꼬박 13개월 만에 다시 사회로 돌아온 것이다. 당시 내게 부여되었던 군번을 생생하게 기억한다. 육군 특을로 제대 특명을 받을 때 군번은 10438342이고 계급은 이등병이었다.

경리과 근무 당시 경리과 소속 선임들과 나 세 사람은 각종 필요 서류 발급 시 군 간부 및 일반 사병들이 써야 하는 도장을 파주고 용돈벌이를 했다. 하나에 이십 원씩에 도장을 파주고 모아 둔 돈 중 일부를 소대장에게 조금 헌납하고 나머지 돈을 셋이서 나눠 가졌다. 그렇게 번 돈으로 대광리 시내에서 군대에서는 먹어보지 못하는 음식들을 사서 먹어보거나 탁주 한 사발을 들이키기도 했다. 그렇게 지내다가 1959년 11월에 특명으로 제대를 하게 되었는데 전역 후의 학비를 어떻게 마련할 지 걱정했던 나는 장교들을 찾아가 학비를 조금씩이라도 도와줄 수 있을 지 부탁을 해보았고 싸인지(월급 중 일부분 가불해서 준다는 내용)를 받았다. 심지어 사단장까지 찾아가 학비를 좀 도와달라고 부탁했다. 배우려는 의지가 확고해 보였는지 십시일반으로 그렇게 모아 준 돈이 당시 돈으로 이십만 원에 달했다. 그중에서 15만원은 내 수중에 들어왔지만 미처 받지 못한 돈이 5만원이었다. 못 받은 돈은 나보다 한 달 늦게 전역할 예정인 이문구 병장에게 대신 받아줄 것을 부탁했다. 5만원의 절반을 수고비로 줄 테니 꼭 좀 받아 달라고 신신당부를 하면서 전역을 했다.

그러나 1960년 1월에 전역한다는 이병장은 1월이 훌쩍 넘어가도록 연락이 없었다. 혹시나 하는 마음에 대광리 부대로 직접 찾아가 이병장의 행방을 수소문한 결과 이병장이 내게 가져다주겠다며 5만원을 받아 들고 사라진 것이었다. 당시에는 5만원을 가로챈 이병장에 대한 원망이 컸지만 일정 시간이 지나면서 이병장도 나처럼 형편이 어려워 돈에 욕심을 내었을 것이라 생각하며 용서하기로 하였다.

복학 그리고 전학련

여러 사람의 도움으로 1959년 전역 후 다시 학교로 돌아갈 수 있었다. 제대한 이듬해인 1960년 2월에 정치대학 법학과 3학년으로 복학을 했다.

학교를 다니면서 그 시절의 대학생들이라면 누구나 한번쯤은 해 보았을 희생운동도 했다. 바로 1960년에 일어났던 반독재 민주주의 운동인 4.19혁명이다. 4.19는 사사오입 개헌 등의 온갖 불법을 자행하면서 12년 동안이나 장기 집권한 이승만 정권을 무너뜨리려는 민주주의 운동이었다. 1960년 3월 15일에 제4대 정부통령을 선출하기 위해 실시된 선거가 부정선거라는 사실이 드러나자 분노한 학생들과 시민들이 거리로 쏟아져 나왔다. 나 역시 거리로 나가 역사적인 운동에 참여했다.

당시 서울 시내 대학들에 재학 중이던 학생들이 모여 전학련(전국 대학생 연합회)을 결성했다. 이승만 정권의 부정선거에 크게 분노했고 뜻을 같이 하는 많은 학생들이 전학련에 가입해 4.19혁명을 주도하며 이끌었다. 4.19 당시만 하더라도 수많은 학생들이 전학련 소속으로 대의를 위해 싸웠지만 세상도 바뀌고 세월이 흘러 지금은 10명 남짓한 회원들이 과거의 명맥을 이어 나가고 있다. 현재 장귀남씨가 전학련의 회장을 맡고 있다. 초대 회장은 11대, 12대 국회의원을 지낸 바 있는 조종익 전의원이다. 그는 19년 넘는 세월 전학련을 이끌며 애를 썼었다. 조의원 이후 약 6년 동안은 내가 전학련의 회장으로 있었고, 뒤를 이어 박철선씨가 약 6년 동안 전학련의 세 번째 회장을 역임했다.

현재 전학련의 총무를 맡고 있는 김인숙 씨는 이름보다는 사진으로 더 널리 알려져 있다. 김인숙 씨는 전학련 결성 당시, 숙명여자대학교 1학년에 재학 중이었다. 그 시절에 함께 4.19에 동참했던 이들이라면 그녀의 이름을 들으면 누군지 고개를 갸웃하며 기억해내려 애를 쓸지도 모르겠다. 그런 이들에게 그녀의 모습이 담긴 한 장의 사진을 내밀면 "아!" 하며 고개를 끄덕일 것이다. 그녀의 모습은 4.19 혁명 당시에 찍었던 사진에서 찾아볼 수 있다.

이승만 대통령이 하야하게 된 시발점이었던 4.19 혁명 당시 사진들 중에서 유명한 사진 속 주인공이 바로 그녀이다. 이 사진은 박정희 대통령 기념관에 가면 볼 수 있는데, 장갑차 위에서 혈서로 쓴 플래카드를 들고 있는 단발머리 여대생의 모습을 찍은 사진이기도 하다. 사진 속 그녀가 바로 전학련의 살림을 책임지고 있는 총무 김인숙 씨다.

1960년 4월 19일, 대대적인 학생 주도의 혁명이 일어났다. 역사책에 나오는 4.19 혁명이 바로 그것이다. 이승만 대통령이 하야를 했고, 윤보선 씨가 대통령으로, 장면 씨가 국무총리로 당선이 되었다. 그러나 사회는 점점 혼란해졌고, 그 틈을 타 박정희 소장이 5.16으로 불리는 군사반란을 통해 군사혁명이란 이름으로 정권을 장악하기에 이른다. 박정희 대통령은 1961년 7월 국가재건최고회의 의장을 거쳐 이듬해인 1962년에는 대통령 권한대행을 맡았고, 1963년 12월 대한민국 제5대 대통령에 취임하였다. 방법상의 문제는 있었지만, 나는 故 박정희 대통령이 이룩한 업적에 대해서만큼은 관대한 마음을 갖고 있다.

박정희 대통령은 취임 후 한국적 민주주의라는 이름 아래 경제적으로 산업혁명을 일구며 대한민국을 많이 발전시켰다. 새마을 운동이 대표적이다. 1970년대 초반까지만 하더라도 대한민국 사회는 다른 국가들에 비해 매우 낙후되어 있었다. 1945년 해방 이후 전쟁까지 겪으면서 국가적으로 안정되지 못하고 발전할만한 기반도 제대로 마련되어 있지 않던 상황에서 근면, 자조, 협동이라는 기본 정신에 국가발전을 촉진시키려는 목적으로 진행된 새마을 운동은 우리 농촌의 발전과 더불어 공장, 도시로까지 확산되어 대한민국의 근대화를 앞당겼다. 지금은 새마을 운동하면 녹색으로 된 새마을 모자를 먼저 떠올리는 이들도 있겠지만, 나는 작게는 시골 마을을 살기 좋게 가꾸는 것으로 시작해 경제발전에 목말라하던 국민들에게 한강의 기적을 이끌어냈던 근대화운동으로 기억하고 있다.

이승만 대통령이 하야한 후 나는 밤낮없이 고시 준비에만 매진했다. 밥을 먹는 시간을 빼면 책상 앞에 앉아 책만 파고들다 보니, 엉덩이가 빨갛게 짓물러 쓰라릴 정도였다. 그렇게 고시 준비에만 매달린 끝에 1차 객관식 시험은 통과할 수 있었으나, 2차 주관식 시험에서 아쉬운 탈락의 고배를 마셔야 했다. 4학년이 되어서도 고시에 한 번 더 도전했지만, 민법 시험에서 또 과락을 기록하며 뜻을 이루지는 못했다. 실망이 이만저만이 아니었다. 꼭 붙을 것이란 희망이 있었고 자신감도 있었지만 내가 마주한 현실은 더 이상 고시를 준비할 수 없는 형편이었다. 1962년 2월, 대학을 졸업한 후에도 2차 사법 시험에 응시했으나 결과는 실패로 끝났다. 세 번째 고배를 마시게 된 나는 어려운 형편에 더 이상 공부에만 매달려 있을 수 없었기에, 사법고시에 미련을 두지 않고 취직을 하기로 결심했다.

건국대학교 졸업 당시의 모습

건국대학교 졸업 사진

제4장

건설인으로 살다

건설인으로서의 출발, 그리고 결혼

취직을 하겠다고 결심한 나는 일할 만한 곳을 알아보기 위해 이리저리 수소문을 했다. 그러던 중 고향 분이신 강 사장님께서 "자네, 우리 회사에 와서 총무과장을 맡아주지 않겠나?" 라고 요청을 해오셨다. 그래서 총무과장직을 맡겠다며 찾아갔던 곳이 바로 대도실업주식회사이다.

강 사장은 1945년 대한민국이 해방되기 전까지 만주에서 ㈜광성토건사를 운영하며 토건사업을 했다. 그러다가 해방이 되면서 서울로 사업체를 옮겨 명동의 금강 양화점 2층에 대도실업 사무실을 차렸다. 그때 당시만 해도 대도실업은 지금 현재 대기업 반열에 있는 현대건설보다 규모가 컸다. 강 사장의 권유로 대도실업의 총무과장이 된 나는 훗날 상무이사의 자리까지 승승장구했다.

취업도 했고, 말단 직원이 아니라 총무과장을 맡으며 많지는 않아도 혼자 생활하기에는 충분할 만큼의 월급을 받게 되었다는 소식을 들으신 어머니께서는 넉넉하게 뒷바라지해준 것도 없는데 혼자 힘으로 이렇게까지 올라섰다며 나를 기특하게 생각하셨다. 그러곤 남자라면 가정을 일궈야 더 안정될 수 있다고 하시면서, 나이도 어느 정도 찼으니 결혼을 서둘러야 한다고 종용하였다. 사실 나는 결혼을 서두르고 싶지는 않았다. 혼자는 먹고 살 수 있어도 결혼을 해서 아내까지 두 사람의 생활비를 벌기엔 부족하다고 생각했기 때문이었다. 아내로 맞이할 여자를 고생시키고 싶지는 않았는데, 지금 이 상태로 결혼을 한다면 분명 먹고살기가 빠듯해 아등바등하며 고생을 할 것이 분명했다.

그러나 어머니의 결혼 독촉은 계속되었다. 알고 보니 전라남도 담양군 창평에 사는 창평 고씨 가문의 여식인 광주여고 출신 여성과의 결혼을 전제로 적지 않은 재물을 받기로 양가가 말이 오간 상황이었다. 때문에 집에서는 고씨 여성과 하루라도 빨리 맞선을 보도록 재촉을 하셨던 것이다. 재산을 증여받는 것을 조건으로 결혼을 서두르라는 집안의 종용은 계속되었고, 내가 일가를 꾸려 좀 더 안정된 삶을 살길 바라신 어머니의 간절한 청을 계속 거절할 수만은 없었다. 대신 돈에 휘둘리는 조건 결혼만은 하고 싶지 않았던 나는 다른 혼처를 알아보았고, 지금 내 곁을 지키고 있는 아내인 정재엽을 선을 통해 만나게 되었다.

당시 나는 집안의 계속된 성화에도 불구하고, 남자로서 단지 재물 때문에 인륜지대사인 결혼을 마구잡이로 할 수는 없다는 생각을 가지고 있었다. 그리고 남자로서의 자존심이 재물에 휘둘려서는 안된다는 확고한 의지로 현재의 처인 정재엽과 결혼을 결심했고, 결혼날짜를 정해 가족들에게 통보를 했다. 이후 1962년 12월 6일에 간소하게 약혼식을 올렸고, 12월 28일에 이태원 제일교회에서 결혼식을 올렸다. 당시 주례를 해주신 분은 제일교회의 김종근 목사님이셨다.

결혼을 한 날이 신정을 코앞에 두고 있던 때라 신혼여행 대신 결혼식 당일 밤에 야간열차를 타고 고향 집에 내려가는 것으로 대신하기로 했다. 일이 바빠 구정 때는 고향에 내려가지 못하게 될 테니 결혼 때문에 며칠간의 휴가를 얻은 김에 고향에 내려가서 신정을 쇠고 올라올 요량이었다. 신혼여행도 가지 못하고 남편을 따라 고향 집으로 가야한다는 말을 듣는 순간, 아내의 얼굴에 스치는 실망한 빛을 짐짓 모른 척했다. 죽고 못 살 정도로 서로 좋아해서 결혼을 한 것이 아니었기에 살아가면서 차츰 서로에게 맞춰 가면 될 것이란 생각을 했었던 것 같다.

1962년 12월 6일, 약혼을 하다

그때 일을 생각하면 아내에게 참으로 미안하다. 내가 결혼하던 시절에는 지금처럼 해외로 신혼여행을 떠나는 것이 거의 불가능했고, 기껏해야 가까운 온천이나 다녀오는 것이 고작이었다. 여자를 만나본 적도 없고, 연애도 한 번 해본 적이 없었던 내게 여자의 마음을 헤아릴 만한 눈치가 있었을 리가 없었다. 결혼을 하자마자 남편의 손에 이끌려 시골의 고향집으로 인사를 드리러 내려가야 했던 당시의 아내가 느꼈을 설움을 생각하니… 새삼 코끝이 찡할 만큼 미안하고 또 죄스럽기만 하다.

토목기술자 시험에 합격하다

대도실업에 몸담고 있던 1963년, 건설부가 건설 관련 기술자 시험을 9월 17일에 치르겠다고 공시했다. 그동안 건설 관련 업무를 보면서 알음알음 익힌 지식은 있었지만, 적어도 시험을 치르기에 앞서 공부는 해야겠다 싶어 일주일 정도를 문제집을 파고들었다. 제1회 전국건설기술자 시험이 1958년도에 치러졌다. 내가 기술자 시험을 볼 당시에 이미 여러 차례 자격시험이 치러졌던 터라, 어떤 유형의 문제들이 출제되는지 분석한 문제집이 서점에 나와 있기도 했다. 전문적으로 토목 관련 공부를 했던 것이 아니라, 건설업계에서 일을 하면서 경험을 통해 터득한 살아있는 지식을 갖고 있다고 자신했던 나는 문제집을 풀면서 내기 직접 겪은 경험들을 지식과 연결시키려고 노력을 했다.

지금도 그 틀에 큰 변화가 없는 것처럼 1963년도의 토목기사시험은 건설부 관리국 건설행정과에서 관리하였고 시험 출제 범위에 따라 갑, 을, 병류 세 가지로 나누어져 있다. 나는 2급에 해당하는 병류 건설기술자(토목) 자격시험에 응시를 했다. 학교 교실에 마련된 시험장에 가보니 하나의 책상에 한 사람만 앉을 수 있도록 해놓았고, 책상과 책상 사이의 간격이 꽤 멀리 배치되어 있었다. 엄격한 시험이었기에 하나의 교실에 네다섯 명의 시험 감독관이 입실해 행여나 시험을 보면서 부정행위를 하는 응시자가 있는지 감시했다.

차분하게 마음을 가라앉히고 시험지에 인쇄된 문제를 하나씩 천천히 풀기 시작했다. 운이 좋았는지 몰라도 대부분 내가 미리 공부해둔 문제들과 유사하게 출제되어 있었고, 시험 마감 시간 직전에 답안지 검토까지 끝낼 수 있었다. 스스로도 시험을 잘 봤다 싶었지만, 내색은 하지 않았다. 고작 일주일밖에 공부를 하지 않았는데 내가 나서서 시험이 쉬웠다고 말하는 건 같이 자격시험을 준비했던 동료들에 대한 예의가 아니라 생각했던 것 같다.

9월 17일에 치러졌던 토목기술자 시험엔 대도실업에서만 나를 포함한 10명의 직원들이 응시를 했다. 시험 결과가 나오고 보니 정작 토목을 전공하고 배웠던 이들이 아닌, 비전공자였던 나만이 유일한 합격자였다. 나만 합격했다는 소리를 들은 외부 인사들은 고작 일주일밖에 공부를 하지 않았는데 시험에 합격한 걸 보면 시험이 쉬웠을 거라며 오해를 하기도 했다. 그러나 나를 제외한 나머지 9명의 응시자들의 면면을 살펴보면 공과대학 출신자와 공고 출신자, 선축과 토목을 체계적으로 배운 이들이었기 때문에 그들을 제치고 나 혼자 합격을 한 것은 충분히 자랑스러워할 만한 일이었다.

시험을 보게 된 계기도 건설에 문외한이었던 내가 건설업체에서 일을 하면서 알음알음으로 배우고 습득했던 토목 기술을 인정받고 싶다는 생각에 있었다. 실제로 대도실업 내에서는 건설 관련 업무 중에서도 토목 쪽에 남다른 두각을 보이는 내게 자격증만 있으면 실력을 대외적으로 인정받을 것이 분명하다는 시선을 보내는 상사들이 많았다. 토목을 전문적으로 배운 이가 아니었음에도 불구하고 유일하게 합격의 기쁨을 누리며 토목기술자 자격증을 취득한 내게 축하 인사가 쏟아졌다. 유일한 합격자라는 기쁨과, 해냈다는 성취감에 그 어느 때보다 내 자신이 자랑스러웠다. 건설업계에 몸을 담길 잘했다고 느낀 첫 번째 순간이기도 하다. 게다가 회사 내에 토목이나 건축을 전공한 이들이 적지 않았음에도 나만 유일하게 기술자격 시험에 합격하자 내 능력을 높게 보는 상사들도 늘어났다. 해야 할 일이 많아졌고, 나를 믿고 일을 맡긴 상사 분들의 기대에 부응하기 위해 두 배, 세 배로 일에만 몰두했다. 열심히 노력한 끝에 상무이사의 자리까지 승진할 수 있었다.

대도실업의 부도

그러나 일에 대한 자부심과 성취감이 가져다주는 행복은 그리 오래가지 않았다. 연도 방파제 공사, 전주시청 신축공사, 군산미면 상수도공사, 여수 오천 수원지 공사 등 제법 규모가 큰 건설 공사를 연이어 수주하면서 경쟁건설사들의 부러움을 한 몸에 받을 정도로 승승장구하던 대도실업이 하향세로 접어든 것은 강 사장이 정치에 빠지면서부터였다.

1961년도에 5.16 군사혁명이 있은 후 공화당은 정권을 장악해나가기 시작했고, 63년도에 5.16을 주도했던 박정희가 제5대 대통령에 당선되면서 명실상부 공화당이 대한민국의 집권당으로 등극했다. 당시 강 사장은 공화당의 전북도당 경제담당을 맡고 있었는데, 공천을 받아 국회의원이 될 꿈에 부풀어 있었다. 공천을 받기 위해 회사의 돈을 빼내어 공천을 받는 데 필요한 정치자금으로 쓰면서까지 불철주야 애를 썼지만, 최종에는 공천이 무산되면서 무리한 정치자금 조달로 인한 대도실업의 위기를 가져왔다.

그때 강 사장의 정치 바람이 어느 정도였는가 하면 각 공사 현장에서 수령된 공사비가 회사 통장으로 입금이 되면, 입금을 확인하자마자 통장에서 돈을 모조리 찾아다가 정치자금으로 끌어다 쓸 정도였다. 매번 이런 악순환이 반복되다 보니 자재 대금을 제대로 지급하지 못한 것은 물론 직원들의 월급도 제때 지불되지 못했다. 회사가 대내외적으로 어려워지고 있는 상황에서도 강 사장은 끝까지 공천에 대한 미련을 버리지 못했다. 상황이 이렇게 되다 보니 회사는 도저히 버틸 지경이 되지 못했고, 결국 1966년 7월에 대도실업은 부도를 맞았다.

아무리 사장이라지만 회사 자금을 마음대로 정치자금으로 사용한 강 사장은 부도에 대한 책임을 지기는커녕 회사를 나 몰라라 내팽겨쳐두고 어디론가 잠적해 도피해버리고 말았다. 각 현장마다 자금이 돌지 않아 여기저기서 돈을 달라며 아우성을 쳤고, 그나마 회사에 대한 애정이 남아있던 몇 사람만이 회사를 살릴 방법을 찾아 이리저리 분주하게 돌아다녔다. 나 역시도 대학 졸업 후 처음으로 취직한 회사이자, 자격증까지 취득하며 건설업에 대한 열정을 가지고 있었기에 부도가 난 대도실업을 되살려낼 방법을 찾기 위해 절치부심 했다.

부도난 회사를 살리겠다고 결심한 나는 고심한 끝에 당시 한독당 출신이자 전라북도 정읍 출신 인사인 전공우(全共宇)씨를 찾아갔다. 대표이사를 맡아달라는 부탁을 하려고 전공우 씨를 찾아갔던 일이 잘 풀려, 그가 대도실업의 새로운 대표이사로 추대되었고 부도 상황을 어느 정도 정리하고 본격적으로 회사 운영이 정상화될 수 있도록 전 씨를 물심양면으로 도왔다.

회사를 살리기 위해 밤낮없이 일에만 매달려 지내면서도 나는 하루아침에 쫄딱 망해버린 회사와 무책임하게 잠적해버린 가장 때문에 생활고를 겪고 있을 강 사장의 가족들을 걱정했다. 인정에 이끌려 강 사장 집에 생활비 일부를 대주었고, 당시 대학생이었던 강 씨의 두 자녀가 무사히 학업을 마칠 수 있도록 경제적인 지원도 일부 해주었다. 강 사장의 아들은 한양대학교 토목과에 재학 중이었고, 딸은 숙명여자대학교 교육학과 1학년에 재학 중이었다. 회사 임원들로부터 얼마간의 돈을 모았고 내가 모아두었던 돈의 일부를 합쳐 두 남매의 등록금을 마련해주면서 비록 지금은 이렇게 어렵게 살고 있지만, 학업을 포기하지 않고 공부를 열심히 한다면 언젠가 다시 사정이 좋아지는 날이 있을 것이라는 격려도 잊지 않았다.

그런데 돌이켜 생각해도 황당한 상황이 벌어졌다. 내 형편도 그리 넉넉하지 않은 상황에서 하루아침에 거지꼴로 망해버린 강 씨 일가를 할 수 있는 한 힘껏 도와주었는데, 적반하장으로 강 사장이 나를 고소한 것이었다. 들은 말에 의하면 강 사장이 직접 서울시 경찰국에 찾아가 나를 사문서위조 및 인감 도용으로 고발하는 소장을 제출했다고 한다. 당시 나는 전무이사였었는데, 내가 그토록 극진히 강 사장을 대신해 그의 가족들을 보살펴주었음에도 불구하고 강 사장이 고마워하기는커녕 말도 안 되는 죄명으로 나를 고발했다는 사실에 큰 충격을 받았다.

억울한 누명을 벗기까지

정확한 날짜는 기억되지 않지만, 주말이었던 토요일이었던 듯하다. 여느 때처럼 아침 일찍 사무실에 출근을 했다. 그런네 사무실에서 나를 기다리고 있던 것은 경찰들이었다. 난생처음 쇠고랑을 차게 되었다. 내 손에 수갑이 채워졌고, 영문을 몰랐던 나는 무슨 일이냐며, 내가 무슨 잘못을 해서 이렇게 나를 잡아가려 하는 것이냐며 항의를 해보았지만, 경찰들은 입을 다물라며 강압적으로 나왔다. 내 책상은 이미 엉망진창이었다. 경찰들이 내가 사인했던 서류들이며, 회사 운영에 필요했던 서류들 일체를 압류하느라 책상 서랍이며 사무실 안에 있던 캐비넷이며 모조리 뒤집어 놓았던 것이었다.

조사에 필요한 자료들을 모두 압수수색한 경찰들은 시 경찰국으로 나를 끌고 갔고, 가는 동안 어떠한 설명도 듣지 못한 채 시경 4층에 있는 유치장에 수감되었다. 다음날 내가 경찰에 붙잡혀갔다는 소식을 들은 최 상무가 면회를 왔다. 대도실업에서 하청을 받는 업자였던 최 씨는 몸은 괜찮으시냐며, 어찌 된 일인지 대충 알고 왔는데 강 씨가 나를 무고한 것 같다고 귀띔을 해주었다. 그때 나는 당시 수원에서 국회의원에 당선되셨던 분이기도 한, 내무분과 위원장이신 이병휘 위원님을 찾아가 억울함을 풀 수 있는 방법을 찾아달라는 부탁을 대신 전해줄 것을 당부했다.

최 상무는 대도실업이 부도나기 전부터 오랫동안 나와 함께 일을 해왔던 민을 만한 사람이었다. 부도 전후의 사정을 잘 알고 있던 최 상무는 어떻게든 회사를 살리기 위해 동분서주하는 내게 폐업계를 제출하고, 다른 회사로 옮겨보는 것이 좋을 것이라며 나를 설득하곤 했다. 막상 이렇게 억울한 일을 당하고 보니, 그동안 회사를 위해 노심초사했던 내 자신이 그렇게 미울 수가 없었다. 최 상무는 계속되는 설득에도 불구하고, 내 자신이 애정을 가지고 있던 대도실업을 포기할 수 없었고 끝까지 회사를 재기시키겠다는 일념 외에는 다른 생각을 할 겨를이 없었다. 비록 자신의 조언을 듣지 않고 뜻을 굽히지 않으면서 회사 재기를 목표로 누구보다 많은 고생을 자처 했던 사람이었지만, 최 상무는 그 간의 내가 했던 고생이 모두 회사를 살리기 위한 일이었음을 누구보다 잘 알고 있었기에 기꺼이 이 위원을 찾아가 내 말을 전해주고 부탁을 해보겠다고 약속을 해주었다.

최 상무가 이병휘 씨를 찾아가 내가 당하고 있는 억울함을 제대로 전달한 것인지는 몰라도 월요일이 되자 치안본부에서 시경찰국에 이 사건을 재조사해 나의 억울한 누명을 벗기라는 지시가 떨어졌다. 경찰과 형사들이 분주하게 왔다 갔다 하더니 이내 손에 채워졌던 수갑을 풀어주곤 가도 좋다고 말을 해왔다. 그날 오전 열 시쯤 경찰국에서 풀려날 수 있게 된 나는, 아무런 잘못도 없는 나를 무고한 강 사장과 경찰서에서 조사를 받는 동안 나를 부당하게 대우했던 경찰들을 용서할 수가 없었다. 그래서 시경 국장을 찾아가 무고한 나를 고발한 강 사장과 조사 과정에서 사실대로 말하라며 강요하고 폭력을 휘둘렀던 경찰을 고발하겠다는 입장을 밝혔다.

　"도저히 그냥 넘어갈 수 없는 일입니다. 너무나 억울하고 분해서 이대로 그냥 집에 돌아갈 수가 없습니다. 저를 무고한 강 사장과 부당하게 조사를 진행한 경찰을 고발하셨습니까!"

　내가 무혐의로 밝혀지자 상황이 역전되었던 것이다. 내가 강경하게 나서자 시경 국장은 나를 조사했던 당사자들을 국장실로 불러 모았다. 내게 정중하게 사과를 드리라며, 일 처리 똑바로 안 하느냐는 시경 국장의 호통에 관련 당사자들은 좌불안석이었다. 급기야 없었던 일로 해 달라, 한 번만 봐 달라며 납작 엎드려 사정을 하는 그들의 모습에 노여움이 조금 가실 수 있었다. 화를 억누른 나는 그들에게 왜 나를 조사했으며, 누가 나를 무고한 것인지 상세하게 설명을 해달라고 요구했다. 알고 보니 내가 고발을 당한 것은 강 사장과 박 부사장 간에 맺은 인수 가계약 때문이었다.

　박 부사장은 주로 F.D.A., 미8군 등의 군납 공사를 주로 맡았던 사람이다. 게다가 대도실업에서 내가 밑에 데리고 있던 하청 업자이기도 했다. 두 사람 모두 내가 믿고 의지했던 사람이었기에, 배신감은 이루 말할 수가 없었다. 나중에 자세한 전후 사정을 알고 보니 강 사장이 박 부사장에게 600만원이라는 헐값이나 다름없는 금액에 대도실업을 양도해주겠다고 한 후에 일을 꾸몄다고 한다. 기껏 애써서 회사의 부도를 막고 정상적으로 회사를 운영할 수 있도록 자리를 잡기 위해 애썼더니 이런 식으로 뒤통수를 칠 줄이야. 다시 한

번 사회의 냉정함에 사람에 대한 배신감 앞에 무릎을 꿇을 수밖에 없었다.

강 사장을 무고로 고소할까 몇 번이나 고민을 했다. 그런데 그놈의 정이 무엇인지… 그만 마음이 약해져 버렸다. 그도 그럴 것이 강 사장은 고향 선배였고, 그때 당시 다소 나이가 있던 강 씨가 감옥에라도 가게 되면 고령의 강 씨가 감옥 생활을 제대로 견뎌낼 수 있을지를 걱정했다. 남들은 무슨 오지랖이냐며 가까운 사이일수록 더욱 괘씸하게 여겨 본때를 보여주어야 한다고 입을 모았다. 그러나 나는 내가 강 씨를 고소한다 하더라도 당장 무엇이 달라질 수 있겠냐는 생각에 그를 무고죄로 고소할 마음을 접었다. 대신 내가 대도실업을 떠나기로 결심했다. 그 즉시 건설부로 찾아갔다. 내가 가지고 있는 면허를 반납하기 위해서였다. 내가 만났던 담당자가 고복영 씨였고, 면허를 반납하겠다는 내 말에 소문은 들었지만 결국 그만두신다며 섭섭한 기색을 보여 왔다. 건설부를 나온 나는 중부 세무서로 향했다. 영업 감찰을 반납하기 위해서였다. 당시의 영업 감찰은 오늘날의 사업자등록증이다.

회사에서 전면 철수하겠다는 결심을 한 나는 폐업계도 제출하였고 퇴사에 필요한 모든 절차를 마친 후 송별회를 가지기로 했다. 부도를 맞았을 때부터, 어느 정도 재기의 발판을 마련하기까지 함께 애써주었던 직원들을 모두 불러 모아 송별회를 열었다. 최성우 상무와 한배선 상무, 그리고 오랫동안 회사에 남아 일을 했던 직원들 모두와 함께 밤늦은 시간까지 술을 마셨고 송별회를 마지막으로 대도실업과의 인연을 정리하였다.

사람에 대한 배신감, 그리고 시련

무죄로 경찰서에서 풀려난 후, 나는 몇 개월 동안을 사람에 대한 배신감에 치를 떨며 고통스러운 시간을 보냈다. 강 사장의 가족들을 도와준 것은 후회하지 않았지만, 섭섭한 마음은 어쩔 도리가 없었다. 젊음을 바쳐서 성장시키고, 함께 발전했던 대도실업의 몰락을 지켜보아야 했고, 다시 일으켜 세우기 위해 안간힘을 써서 겨우 결실을 맺는가 싶은 순간에 찾아온 엄청난 상황에 대한 분노와 실망으로 아무 일도 손에 잡히지 않았다. 내가 일을 하지 않으니 그동안 모아두었던 돈이 야금야금 사라져갔다. 생활비를 걱정하는 아내의 모습을 보고 있노라니 가만히 앉아있을 수만은 없었다. 하지만 사람에게 받은 배신감에 쉽게 일을 시작할 수가 없었다. 언제 또 다시 이와 같은 상황이 벌어질지도 모른다는 두려움은 일을 찾는 대신 다른 방도를 궁리하게 만들었다. 그러던 중 머리를 스치는 방도가 떠올랐다.

대도실업에서 일할 당시 내게 빚을 지고, 아직까지 갚지 않고 있는 이들이 생각난 것이었다. 그들에게 빌려준 돈을 돌려받으면 당장 생활비를 걱정하지 않아도 될 것이었고, 그 돈을 밑천 삼아 어디가서 리어카 장사라도 하면 될 것이란 생각에까지 미치자, 내게 빚을 지고 있던 사람들의 명단을 작성하기 시작했다. 그 중에서 가장먼저 찾아 나선 이가 박 상무였다.

1966년 10월쯤, 내가 대도실업주식회사를 운영하고 있을 때 건축기술자로 일했던 박 상무가 내게 경제적으로 피해를 준 일이 있었다. 그에게 피해를 본 금액만큼 갚으라고 할 작정이었지만, 박 상무가 어디에 있는지 정확하게 알고 있는 사람이 없었다.

이리저리 수소문을 한 끝에, 하늘이 나를 도왔는지 박 상무를 본사람이 나타났다. 게다가 나 역시도 정말 우연히 버스 안에서 박 씨를 대면하기까지 했다. 그는 이용태 씨가 사장으로 있는 대협건설㈜의 현장 소장으로 근무하고 있었다. 박 씨에게 그동안 어찌 지냈는지를 물어보고, 돈을 돌려달라고 요청하자 당장 큰돈을 마련할길이 없다며 난색을 표해왔다. 나는 그의 월급이라도 차압해 빚을변제해 쓰면 되겠다고 생각했고, 대협건설㈜을 찾아가 이용태 사장에게 면담을 신청했다.

박 씨와의 관계부터 빚을 돌려받을 방법을 찾는 중이라며 자초지종을 설명하다 보니, 매달 월급날마다 박 씨와 실랑이를 벌일 생각에 답답함을 느꼈다. 그리고 이 사장에게 빌려준 돈을 제때 꼬박꼬박 받으려면 박 씨와 같이 일을 하면서 감시도 하고, 월급날마다 직접 변제금액만큼 내 손에 쥐어야 하는데 어떻게 일을 할 수 있게 해

달라고 사정을 했다. 이 사장은 내 형편을 십분 이해해 주었고, 대협건설㈜의 자재부에서 근무할 수 있도록 발령을 내주었다. 그게 1966년 12월 20일경의 일이었다. 그날 바로 일을 시작한 나는, 박 씨를 찾아가 매월 급료의 50%씩을 내게 반환할 것을 적어놓은 각서에 지장을 찍어달라고 요구했다. 각서까지 받았지만 실제 그는 단한 차례도 돈을 변제한 적이 없었다.

월급의 절반을 고스란히 내게 갚아야 한다는 사실을 알게 된 박 씨의 부인이 월급날만 되면 회사로 찾아왔다. 경리부 앞에서 대기를 하고 있다가, 회사 경리가 은행에서 직원들 월급을 찾아가지고 오면 바로 월급을 받아가 버리기 위해서였다. 나는 경리부 쪽에 박씨의 월급을 줄 때 미리 절반의 금액을 떼고 지급할 수 없겠느냐고 부탁을 해보았지만, 자체적으로 50% 공제하고 내어주는 것은 불가능하니 당사자들 간에 해결을 해 보라며 거절을 당했다. 하는 수 없이 박 씨에게 빌려주었던 돈을 되돌려 받는 일을 포기할 수밖에 없었다. 박 씨에게 돈을 돌려받기 위해 시작한 일이었으니, 목표가 사라지자 더 이상 일을 할 의욕도 잃어버렸다. 내가 빌려준 돈을 포기하면서 1967년 7월 31일 자로 대협건설 측에 사표를 제출했다.

이후 몇 번이고 박 씨를 찾아가 '당신이 양심이 있다면 다소 얼마라도 돈을 변제해 달라.'고 요청을 해보기도 했다. 그러나 박 씨가 50세의 나이로 세상을 떠나면서 그에게 빌려주었던 돈은 영영 돌려받을 수 없게 되었다.

대협건설을 그만둔 후 나는 일자리를 찾아 나섰다. 믿었던 이들에게서 뒤통수를 맞고 나니 내가 그렇게 애정을 가지고 일을 했던 건설업에 대한 회의가 들어 다시는 발을 딛지 않겠다고 다짐을 했었지만, 대협건설에서 몇 달이나마 일을 하다 보니 그냥 앉아서 놀고만 있는 것이 적성에 맞지 않는다는 사실을 깨달았기 때문이었다. 일찍부터 건설업계에서만 일을 해왔던 내가 새로운 다른 일을 시작한다는 것도 실상은 여의치 않았다. 게다가 이미 세상에 태어난 아들딸 남매를 제대로 키우기 위해서는 돈이 필요했다. 생활비를 가져다주지 않는 남편 때문에 고생하는 아내를 생각해서라도 돈을 벌어야 했고, 일을 해야만 했다.

안진건설 주식회사사

내가 일을 할 만한 곳을 수소문하기 시작했고 자금 담당 전무였던 박 前 육군 대령의 소개를 받아 헌병 대령 출신인 홍 씨가 대표이사로 있는 안진건설주식회사를 찾아 갔다. 대협건설을 그만 둔 때가 1967년 7월의 마지막 날이었고, 안진건설을 찾아가 일을 시작한 것이 1967년 8월 4일이었으니 불과 3~4일밖에 쉬지 않았던 것이다. 과거 대도실업주식회사가 큰 규모의 공사들을 제법 많이 수주할 수 있던 것이 내 덕분이라는 사실을 익히 소문으로 들어 알고 있던 홍 대표는 어떤 조건이라도 수용할 테니 자신과 함께 안진건설을 제대로 키워보지 않겠느냐며 제의를 해왔다. 당시 내가 홍 대표에게 내걸었던 계약조건이 단 한가지였다.

"어떤 상황이 오더라도 내 의견을 수용해 반영시키겠다는 약속을 해주시오." 그동안 대도실업에서 근무하면서 내 말을 듣지 않았거나 내 의견을 묵살했던 이들이 회사에 얼마나 큰 피해를 입혔고, 손해를 보았는지 눈으로 직접 확인했었던 나는 안진건설의 홍 대표에게 두 번 다시 같은 상황이 반복되지 않도록 내가 하는 말에 귀를 기울이시오 하는 계약 조건을 내걸었던 것이다. 어떤 일을 추진하든 내 의견을 반영해달라는 내 조건이 무리한 것이 아니라 판단했는지 홍 대표는 합의를 하였다. 구두로나마 내가 내민 계약 조건을 홍대표가 받아들이자, 나는 당장 안진건설주식회사의 업무운영 이사로 입사를 하게 되었다. 내 능력을 믿고 업무운영 이사 자리를 맡겨준 홍 대표의 믿음에 부합하기 위해서는 물론 안진건설을 성장시키겠다는 개인적인 성취욕이 더해져 그 어느 때보다 열심히 수주를 따냈고, 안진건설은 빠르게 성장했다.

내가 안진건설에 입사하고 일 년여쯤 지나서, 홍 대표는 1968년에 안전항공회사를 설립했다. 당시 안전항공회사를 경영하는 데 필요한 모든 운영 자금은 안진건설주식회사로부터 나갔다. 나는 경리 업무 담당인 박 전무이사에게 여러 차례 건설자금이 불투명해지면 안진건설의 존속이 위협을 받게 되므로 안진건설의 자금은 절대 다른 사업 자금으로 나가서는 안 된다고 계속하여 건의하였는데 내 의견이 묵살을 당하고 안진건설 자금은 안전항공회사로 유입되고 있었다. 박 전무와 말이 통하지 않음에 나는 궁여지책으로 같은 위치인 임 이사까지 찾아가 자금의 유용을 막아줄 것을 부탁했으나 어찌된 영문인지 그들은 내 말을 묵살하였다.

자금의 문제로 인해 내가 입사할 때 내걸었던 계약 조건이 이행되지 않는 상황이 계속해서 발생했다. 게다가 앞으로도 계속 내 주장이 관철되지 않을 것이 분명하여 나는 더 이상 안진건설에 대한 미련을 갖지 않게 되었다, 안진건설에 입사한 지 2년 1개월 만인 1969녀 9월 나는 안진건설에 사표를 제출하였다.

다시 찾아온 희망, 신풍건설산업주식회사

내가 안진건설을 그만두었다는 소문이 어떻게 업계에 나돌았는지는 몰라도 신풍건설산업주식회사 대표가 나와 동업을 하는 조건으로 제안을 해왔다. 안진건설에서 수많은 수주를 따내느라 제대로 쉬지도 못하고 밤낮없이 뛰어다녔던 터라 지쳐 있던 나는 조금 쉬고 싶다는 생각을 하고 있었다. 이미 안진건설에서 한차례 내가 내건 계약 조건이 이행되지 않는 상황을 겪으면서 심신이 많이 지쳐있던 나는 신풍건설측의 동업 제안에 즉시 회답을 내놓을 수 없었다. 생각을 해볼 수 있게 1개월의 말미를 달라고 했다. 그렇게 1개월 동안 휴식을 하며 재충전의 시간을 갖기로 했던 나는 수시로 외부에 나가 신풍건설산업주식회사에 대한 정보를 수집하고 조사를 하며 나름대로 분석을 해보았다. 그 과정에 신풍건설이 과거에 권 사장이 운영을 하다가 부도가 났던 곳이며 권 사장이 도피해버리면서 행방불명된 권 사장을 대신해 누이인 권여사의 남편인 김 사장이 대신 사장 자리에 앉게 된 것을 알았다. 동업 제안을 받았을 당시 신풍건설은 부도를 맞으면서 회사 내부 사정이 매우 나쁜 상태로 번듯한 사무실도 없고 전화 1대만 놓고 상주직원 1명이 일하고 있었다.

약속했던 1개월여의 말미를 갖고 1969년 10월 말에 나는 김 사장을 직접 만나기로 결심했다. 김 사장을 직접 만나 보니 처량해 보여서 과연 내가 이 사람을 대표로 하여 제대로 일을 할 수 있을까? 의구심을 가졌다. 만난 자리에서 동업에 대한 확답을 받을 것이라고 기대를 하고 있던 김 사장에게 나는 며칠 더 생각할 시간을 달라고 부탁한 후 귀가했다.

집에 돌아와 곰곰이 생각해보니 그동안 내가 그렇게 개미처럼 아니 그보다 더 열심히 일했는데도 그에 맞는 정당한 대우나 대가를 받지 못하고 무시를 당했던 것이 내가 단순히 월급을 받는 직원의 신세였기 때문이라는 결론에 미쳤다. 더 이상 회사 경영진들의 뜻대로 움직여야 하는 월급쟁이는 그만 하고 싶었고 사장의 말 한마디에 좌지우지 되지 않고 싶었다. 그래서 내가 경영진으로 직접 경영을 하머 내 뜻에 따라 사업을 해봐야겠다는 희망을 갖게 되었다. 샐러리맨에서 경영진이 되겠다고 결심한 내게 김 사장이 재차 전화를 걸어와 한 번 더 만나자고 청하였다. 다시 만난 김 사장은 내게 무조건 회사운영 전체를 맡길 테니 마음대로 운영하라면서 실제 회사 자금이 100원도 없다고 실토를 하였다. "이왕 이렇게 된 거 사실대로 말씀드리겠습니다. 지금 신풍건설 사정이 좋지 않고 자금도 없기에 김학영 이사님처럼 능력 있는 분이 절대적으로 필요합니다." 그의 말에 쉽게 대답을 못하는 내게 김 사장이 재차 말을 꺼냈다.

"무조건 김학영 이사님 하자는 대로 하겠습니다. 신풍건설의 운영 전체를 이사님만 믿고 맡기겠습니다. 마음대로 운영하시면서 신풍건설 좀 살려 주시면 안 되겠습니까?"

내 마음대로 회사를 운영하게 해주겠다는 김 사장의 말에 나는 그러겠노라고 대답했다. 그러나 이제 와서 생각해보니 형식적이나마 그가 갖고 있던 주식 전체를 양도받고 운영을 맡겠다는 승낙을 문서로 남겨두었어야 했다는 후회가 남는다. 앞서 몇 차례 믿었던 이들로부터 배신을 당했음에도 불구하고 나는 여전히 사람을 잘 믿고 있었기에 꼼꼼하게 계약서를 쓰고 증명할 문서를 갖추지 못 했다. 당시 나는 그냥 회사 수익을 50대 50으로 나누는 걸로 김 사장과 구두로 합의하고 서로 신의성실에 원칙하에 신풍건설을 잘 운영해보자고 합의했다.

신풍건설산업주식회사의 성장을 이끌다

신풍건설의 첫 출근은 1969년 12월 1일이었다. 김 사장으로부터 회사 운영과 관련된 서류 일체를 넘겨받아 검토를 시작했다. 서류들을 읽어볼수록 한숨이 저절로 새어 나왔다. 당시의 신풍건설은 아무것도 없는 회사였다. 면허수첩과 인감도장은 건축기술자인 최 기사가 소지하고 있었는데 최 씨는 토목기술자인 또 다른 최 씨와 함께 수주 활동에 나서기는커녕 다른 회사에다가 들러리처럼 자신의 면허 수첩을 대여해주는 대가로 용돈을 받아 생활하는 일명 '떡쟁이'로 불리는 이였다.

일단 수주를 받고 건설 사업을 시작하기 위해서는 면허수첩과 인감도장이 필요했다. 이것들을 가져간 최 기사를 만나 되돌려 받아야 했지만 최 기사의 행방을 쉽게 알아 낼 수가 없었다. 최대한 아는 인맥을 동원해 최 기사가 지금 어디에서 일을 하고 있는 지를 수소문했다. 그리고 서울 시청 발주 공사가 있는 곳에 가면 최 기사를 만날 수 있다는 정보를 얻었다. 그래서 그곳에 가서 그를 만났고 면허수첩과 인감도장 반납을 요청하였다. 그는 단칼에 거절을 하였다. 신풍건설 사장의 승인으로 가지고 있는 것이라서 절대로 내줄 생각이 없다는 것이었다. 급기야 나는 최 기사의 집까지 찾아가 그를 설득해보려 했으나 나를 박대하며 고집을 부렸다. 대화로 안 될 사람임을 알고 "최 기사님 당신이 이렇게 나오면 나도 할 수 없이 고발을 할 수 밖에 없습니다." 라며 면허수첩과 인감도장을 돌려주지 않을 시 경찰서에 바로 찾아가 고발을 하겠다고 강한 자세로 맞섰다.

"아이고, 사장님 제 사정 좀 봐주십시오, 제가 면허수첩을 다른 회사에 빌려주고 그 대가로 돈을 받아 근근이 생활을 하는 처지라 면허수첩과 인감도장을 사장님께 돌려드리면 당장 생활이 어렵습니다." 머리를 숙이며 사정사정하는 최 사가를 본 나는 그에게 "그렇다면 우리 같이 일해보지 않겠소?" 라며 함께 일할 것을 제안했다. 이왕이면 새로 기술자를 구하는 것보다는 어느 정도 경험이 있는 최 기사와 함께 일하는 것이 업무 속도를 낼 수 있을 것이란 계산이 있었다.

최 기사로부터 업무에 필요한 면허수첩과 인감도장을 되돌려 받은 후 나는 미친 듯이 수주공사를 따내기 위해 발품을 팔았다. 집에 제때 들어가지 못하는 날이 부지기수였다. 덕분에 네 아이의 육아며 공부를 돌보는 일, 집안 살림까지 모든 가정사를 아내에게 일임할 수밖에 없었다. 그때의 내 모습을 한마디로 표현하자면 워커홀릭이었다. 일 이외의 것들에는 관심도 갖지 않았고 남들이 다 퇴근하고 없는 빈 사무실에서 혼자 늦게까지 남아서 어떻게 하면 회사가 성장할 수 있을 지를 고민하고 계획했다. 나는 일에 푹 빠져 있는 사람이었다. 건설인으로 살기 시작한 후부터 그 일을 그만두는 순간까지 나는 정말 일밖에 없는 일 중독자였다.

또 다시 시작된 시련을 헤치고

크고 작은 공사를 수주하며 신풍건설은 어느 정도 자리를 잡아갔는데 여지없이 시련은 찾아왔다. 1972년 갑자기 채권자들이 회사를 찾아오기 시작한 것이었다. 당시 김 사장의 부인인 권 여사가 계모임을 하고 있었는데 권 씨의 권유를 받은 계모임에서 곗돈 600만원을 신풍건설에 투자했다고 한다. 그동안은 부도라 해서 회사 사정이 어려웠으니 돈을 돌려받지 못할 것이라 생각하고 있었는데 지금은 회사가 안정적인 상태가 되니 투자금을 돌려받겠다고 억지를 쓰기 시작한 것이다.

당장 채권자들이 들이닥쳐 돈을 내놓으라고 난리를 치는 통에 사무실 업무를 제대로 볼 수가 없었다. 사정이 이러니 한숨부터 절로 나왔다. 그 큰돈을 어떻게 마련할 방법이 없기에 채권자들을 설득해 되돌려 보내야만 했다. 신풍건설이 부도상황까지 내몰렸던 것은 다들 알고 계실 것이라 말을 하면서 지금도 겨우 부도를 막을 만한 상황이지, 회사 사정은 여전히 좋지 않다고 설득을 했다. 그러면 어떻게 투자금을 갚을 것이냐며 따져 묻는 채권자들에게 앞으로 3년만 시간을 더 주면 1975년도까지 무슨 수를 내서라도 갚겠다고 사정을 했다. 자신들의 투자금 600만원을 당장 돌려받을 수 없음을 알게 된 채권자들은 한꺼번에 돈을 갚을 수 없으면 기한을 정해 분납해서 갚으라고 요구했다. 신풍건설의 회사 사정상 이자까지 챙겨서 갚을 만한 여력이 없었기 때문에 나는 그들에게 원금만 주는 조건으로 언제까지 돈을 갚겠다고 각서를 써야 했다.

호사다마라 했던가 좋은 일엔 마가 끼는 법이라는 옛말처럼 그렇게 한차례 태풍이 몰아치고 간 후 신풍건설을 승승장구해나갔다. 수주를 제법 많이 받게 되고, 회사 일이 잘 풀리면서 신풍건설은 건설분야에서 최상위에 해당하는 1등급(99위) 반열에까지 올라서게 되었다. 회사가 업계 최고 등급에 오르기까지는 나를 포함한 직원들의 열정이 기반이었다. 특히 신풍건설이 성장하기까지 불철주야 직접 발로 뛰면서 회사 안팎의 문제들을 어떻게든 해결하며 회사를 위해 아낌없이 온힘을 썼다고 자부심을 품고 있었다.

나날이 신풍건설이 성장을 거듭하면서 1985년에는 강남구 개포동에 사옥을 구입할 수 있었다. 사옥 구입 당시 신풍건설이 은행에 예금한 잔고가 약 20억원 정도 달했다. 회사 운영은 순조로웠지만 언제 건설경기가 나빠질지 모른다는 생각을 갖고 있던 나는 잘 될 때 자금을 최대한 축적해 놓아야 한다는 판단으로 부동산 투자를 떠올렸다. 이후 김 사장에게 부동산 투자를 해보자고 권유했다. 그러나 김 사장은 회사가 부동산 투자를 시작하면 우리보다 못사는 사람들에게 지장이 있게 된다며 거절을 했다. 만약 그때 김 사장이 내말을 듣고 부동산 투자를 했었다면 신풍건설은 오늘날 대기업인 대형 건설사들과 어깨를 나란히 하였을 지도 모른다.

한국인으로서의 자부심을 느꼈던 문화재 공사

신풍건설을 위해 일하면서 나는 수많은 공사를 수주해 진행했다. 대부분 항만 공사와 치수 사업 등 수익이 많이 나는 공사들을 수주하였고 그 중에는 문화재와 관련한 공사들도 제법 있었다. 우리는 찬란한 역사가 깃들여진 문화재 현장을 내 손으로 복원하였고, 현재에도 그 생생한 현장을 내 눈으로 볼 수 있으니 나는 한국인으로서 나라와 국민을 위해 의미 있는 무엇인가를 했다는 자부심을 갖고 있다. 이에 건설인으로 한평생을 살아오면서 수많은 공사를 진행했지만 문화재와 관련한 공사들을 진행할 때 찍어 두었던 사진만은 고이 간직하고 있다.

1970년대 박정희 대통령은 대한민국 문화재를 보호하고 민족문화의 창달을 위해 6.25전쟁 당시 포격을 받아 유실되었거나 훼손된 문화유적지에 대한 광범위한 복원 공사를 진행했다. 내가 맡았던 제주도 항몽 유적지 공사 역시 박정희 대통령의 한국 문화유산 복원사업의 일종으로 추진된 사업이었다.

1978년 6월 2일 제주 황파두리 토성 및 항몽 유적지 정비 사업이 준공되었다. 제주도의 황파두리는 고려 무신정권 때의 특별 군대인 삼별초가 여몽 연합군과 치열하게 싸운 국내 대표적인 항몽 유적지이다. 이곳에 들어서 있는 항몽순의비(抗蒙殉義砒)는 박정희 대통령 시절인 1977년도에 삼별초의 호국정신을 기리기 위해 세운 것이기도 하다. 항몽순의비 전면의 제자(題字)는 박정희 대통령이 썼고 후면은 이선근(李宣根)이 짓고 김충현(金忠顯)이 쓴 것이다.

나는 항몽순의비 및 황파두리 토성 복원 공사를 수주했다. 예전에 아내와 함께 제주여행을 떠났었는데, 당시 황파두리를 둘러보며 이곳이 내 손으로 공사한 유적지라며 자랑스럽게 아내에게 설명한 기억도 난다. 내 손으로 복원한 항몽순의비와 황파두리 토성은 지금까지도 역사를 잊지 않으려는 국민들은 물론 해외 관광객들의 발길이 끊이지 않고 있다.

이밖에도 경상북도 경주시 인왕동에 있는 안압지 복원 공사 등과 같은 문화계 공사도 여러 건 맡았다. 그 중에서도 안압지는 사적 제18호로 지정된 곳으로 신라 시대 문무왕(文武王) 14년에 축조된 신라의 궁원지(宮苑地)로 알려져 있다. 당시 신풍건설이 안압지 궁원에 대한 고증 복원 공사에 참여해 건축 및 토목 공사를 맡았다는 기사가 1979년 11월 3일자 동아일보에 실려 있다. 그때 당시 내가 도맡았던 안압지는 야경이 빼어나 경주에 가면 꼭 한번 들어 보아야 하는 유명 관광지가 되어 있다.

이렇게 오늘날의 대한민국이 있기까지 반만 년이란 세월을 간직하고 있는 수많은 문화재 중에 나의 손길이 직접 닿아 있는 곳들이 있다는 사실은 건설인이자 한국인으로 참으로 뿌듯한 일이다.

사천진항 방파제 축조 공사

1982년 3월 25일 착공을 시작한 사천진항 방파제 축조 공사는 1988년 12월 28일 준공을 완료하였다. 이 공사는 당초 수의계약으로 조흥공영이란 회사에서 추진했던 공사인데 모든 여건이 여의치 않아 방파제 실적 제한으로 일반 경쟁 입찰로 집행이 되었다.

현장설명회 때는 기존에 방파제 공사를 진행해 본 경험이 있는 20여개 회사가 참가를 하였고, 그 중 10개 회사가 등록을 했다. 등록한 업체 중 최종적으로 4개사가 입찰에 참가하게 되었고 신풍건설에게 낙찰의 영광이 있었다. 당시 나는 1군 회사인 대우건설㈜를 꺾고 우리 신풍건설이 수주를 받아 냈다는 사실만으로도 무척 기뻤다. 그 뿌듯함은 이루 말할 수 없는 느낌이었다. 회사뿐만 아니라 입찰을 직접 참여했던 내게 사천진항 방파제 축조 공사 수주는 영광스러운 업적이었고 개인적으로 향후 10년 동안 계속 이어지는 계약으로 긴 기간 체결된 일을 할 수 있다는 생각에 자부심도 갖게 해준 공사이다.

진군터널(47 진군터널) 축조 공사

6.25 전쟁 당시 경기도 연천군 내에 진군터널이 없어 급경사도

가 약 60도에 가까운 산을 넘어 대한민국 군인들이 후퇴를 해야 했다. 당시 후퇴 과정에서 엄청난 숫자의 군인들이 몰살된 바 있었다. 1978년도에 육군단에서는 경기도 연천에 진군터널 공사를 할 수 있도록 예산을 요청하였고 예산 영달을 받아 1980년 초에 입찰 공고를 내고 입찰을 실시했다. 당초 육군단 측은 입찰 공고안을 터널 공사를 해본 실적이 있는 업체에 한정하여 공고, 의뢰하였고 입찰 공고 기준에 부합하는 1군에 해당하는 업체는 36개사가 등록이 되어 있었다.

어떻게든 진군터널 공사를 수주 받고자 했던 나는 품셈표 책 전체를 확인한 후 공사입찰 등록 자격 여부를 직접 확인하러 나섰다. 육군단은 우리 회사도 터널 공사 입찰에 참가할 자격이 있다고 확인시켜 주었고 1군 업체들이 담합해 입찰을 포기하는 만약의 경우를 대비해 2군, 3군 업체들 중 건실한 기업으로 눈여겨보고 있던 서광산업주식회사와 함께 입찰 등록을 마칠 수 있었다.

최종적으로 터널 축조 공사에 입찰한 업체의 수는 38곳이었는데 입찰 당일 황당한 제안을 받기도 했다. 진군터널 축조 공사의 입찰을 받기 위해 노력하고 공들여 왔던 한 건설사로부터 포기각서를 제출해 줄 것을 요청받았던 것이다. 당연히 일언지하에 거절하고 입찰실에 들어가 입찰서를 제출했다. 그 때 당시에 입찰 방식이 100억 미만의 경우 부찰제로 결정이 났기 때문에 예가 15개를 만들어 4개사가 나가 예가 1개씩을 추첨하고 총 4개의 예가를 합산한 평균

치의 직상위가 낙찰업체로 선정되고 있었다. 38개사 전원이 투찰을 완료하고 개표한 결과 35개사가 예가에서 벗어나 실격이 되었고 남은 3개사의 합산 평균 결과 신풍건설이 최종 낙찰되었다는 집행관의 선언이 이어졌다. 입찰을 끝내고 나오는 길에는 1군 업체 대표들은 물론 집행관들로부터 축하 인사도 들을 수 있었다. 그때 내가 공사를 맡았던 진군터널은 경기도 연천의 재인폭포 관광지가 있는 곳에 자리 잡고 있다. 가끔 그곳을 둘러보곤 하는데 진군터널을 볼 때마다 낙찰이 확정된 그 순간의 환호성이 들려오는 것 같아 감회가 새롭다.

초대 지사장으로 있으면서

신풍건설이 나날이 성공 가도를 달리고 있을 무렵 지역 발전을 위해 지역 공사는 해당 지역 내에 위치한 업체들만 참여할 수 있도록 정부가 입찰 방법을 변경했다. 때문에 신풍건설도 1989년도에 경북 포항시로 본점을 이전하게 되었고 전무이사였던 내가 초대 지사장으로 발령을 받아 내려갔다. 포항 본점에서 수주 활동을 벌이면서 지역 텃새가 유난히 심해 수주하기가 여간 어려운 것이 아니었다. 경북지역이 상대적으로 넓고 발주된 공사마다 지역 건설 업체들이 연고권 주장을 해대는 통에 서울에서 내려간 신풍건설이 파고들 자리가 없었던 것이다. 그러나 이미 한번 내려왔으니 공사라도 제대로 한번 해야 하지 않겠느냐는 마음을 갖고 나름의 방식대로 열심히 수주 활동을 벌인 끝에 큰 수입을 내지는 못했지만 현상은 유지할 수 있었다. 그러나 또다시 문제가 발생했다. 김 사장의 동생이 기존에 근무하던 선경그룹에서 퇴사를 한 후 신풍건설에서 일하고 싶다고 나선 것이다. 평소 김 씨가 건설업 쪽에서 일을 해왔던 것도 아니고 현장 상황도 잘 모를 것이 분명했기에 회사에 들어와 일을 하지 않는 대신 오천만 원까지는 지원해주겠다고 돌려 말하며 거절 의사를 밝혔다. 여주 일대의 땅 오천 평을 매입하는 자금 및 운영자금을 신풍건설에서 대주었고 김 씨는 그곳에서 농장 사업을 벌였다. 그런데 그 오천만 원이라는 큰 돈을 다 탕진해버렸다. 계속 신풍건설에서 일할 자리를 마련해 달라는 김 씨에게 김 사장이 기획관리실장직을 맡기겠다고 말했고 나는 수없이 반대의사를 밝혔지만 소용이 없었다. 나는 할 수 없이 신풍건설이 진행 중이던 공사 현장인 해군기지 보수 및 헬리콥터 비행장 공사가 한창인 울릉도 현장으로 그를 파견했다. 다른 공사들에 비해 비교적 수월한 공사임에도 불구하고 울릉도 현장은 말썽이 나고 잡음이 끊이질 않았다. 공사 진행이 제대로 이루어지지 않았을 뿐더러 공사할 자재의 반입이 제때 되지 않았다. 기한 내 공사를 완공하지 못 하게 되자 해군 본부측에서는 대표이사를 공사 현장으로 불렀고 김 사장을 대신하여 내가 울릉도로 들어갔다. 공기 지연 및 현장 파악이 제대로 이루어지고 있는 것인지 해군 본부 측의 추궁은 계속 이어졌고 결국 나는 울릉도에 발이 묶인 채 현장을 들러보고 문제를 해결할 방법을 찾아 나서야 했다.

　노임도 지급이 미뤄지고 있었고 자재 반입도 엉망이었다. 공사 정상화를 위해 약 1개월 정도 울릉도에 머물면서 발로 뛰어다녔다. 이후 본사에 돌아와 보니 분당에 80%까지 신축이 이루어져 가는 중이었던 10층짜리 상가건물이 김 사장의 잘못으로 3억짜리 당좌수표 소지자인 박 사장 친구인 정 씨에 의해 가압류를 당한 상황이었다. 설상가상으로 신풍건설이 자체사업으로 강원도 묵호시에서 연건평 약 6300평 규모로 조성 중이었던 주상복합 신축 현장마저 분양이 제대로 이루어지지 않아 업무가 그야말로 마비 상태였다.

　사장의 친인척이 경영에 끼어들게 되면 자신의 권력을 이용해 돈을 빼돌리거나 공사에 차질을 만들 것이란 나의 우려는 현실로 드러났다. 김 씨는 하도급자의 감언이설에 휘둘렸고 하도급자가 요구하는 대로 설계변경을 해주는 등 자신의 권력을 마구 남용하기 시작했고 회사 운영은 점점 어려워져갔다. 그가 그렇게 하도급자들의 편에 서서 현장을 운영하면서 공사 기한도 지연되었다. 그 사이에 벌어진 노임 문제며 자재 문제들을 수습하느라 울릉도 현장 일에만 매달리다 보니 신풍건설이 함께 추진하고 있던 묵호항 주상복합 건물 분양에 신경을 쓸 여력이 없었는데, 김 사장마저 이를 등한히 했으니 분양이 잘 될 리가 없었다. 당시 나는 묵호항 건설 사업을 시작하기 전 시장 조사를 통해 분양성이 없으니 하지 말자고 수차례 김 사장에게 건의하였는데 김 사장은 처음이자 마지막으로 알고 자신의 의지를 시행해 보겠다고 고집을 꺾지 않았다.

나는 그렇다면 직접 내려가서 사업을 추진하라고 말했지만 김 사장이 묵호까지 내려가지 않았다. 진두지휘를 할 사람이 없으니 건설현장의 모든 일은 김 소장과 임 부사장이 도맡게 되었다. 당초부터 극구 반대를 했던 일이었던 거라 신경을 쓰지 말자 생각했는데 현장돌아가는 상황은 여의치가 않았다. 게다가 김 사장 대신 현장을 맡았던 임 부사장과 현장소장 김 씨는 개인의 사리사욕으로 대지를 구입해 여관을 짖고 있는 등 안팎으로 문제가 연일 발생하였다.

건설에 대한 회의에 빠지다

신풍건설의 사운이 크게 흔들리고 있었지만 수습하는 길이 요원했다. 여러 문제들이 겹쳐 발생하면서 회사는 점점 시련 속으로 빠져들게 된 것이다. 포항 본사에 있던 나는 회사의 문제를 해결하기 위해 개포동 사옥 서울지사로 다시 올라왔다. 백방으로 뛰어 다니면서 문제를 해결하고 조정해보려 애썼지만 사채업자들은 회사 사정을 봐주지 않았다. 이제와 당시의 일을 떠올려 보니 아마도 박 사장이 신풍건설을 빼앗기 위한 생각으로 계획적으로 김 사장에게 접

근했을 가능성이 컸다. 사채업자들의 말만 믿었던 박 사장과 김 사장 덕에 신풍건설은 1996년 7월에 부도를 맞고 말았다.

부도가 났을 당시 신풍건설은 여수항만청, 거문도 방파제, 목포 항만청, 목포 삼학도 방파제, 강릉 항만청, 사천진항 방파제, 서울지방 국토관리청, 성동제 개수공사 등 다수의 수의계약을 진행했고 공사를 진척시키고 있는 상태였다. 진행 중인 공사가 많았고 대부분 국가 기관과 맺은 수의계약이라 공사대금을 제때 지급 받을 수 있었기에 부도가 난 신풍건설을 탐을 내는 건설사들이 꽤 많았다. 나는 어떻게든 신풍건설을 재기시키고 싶어 이러 저리 신풍건설을 인수할만한 탄탄한 회사를 알아보러 다녔다. 그러던 차에 아남전자가 적극적으로 신풍건설 인수 의사를 밝혀왔고 나쁘지 않은 조건이라 판단한 나는 실사를 진행하게 되었다. 실사를 받는 중에 일이 터져버렸다.

김 사장의 얇은 귀가 또 문제를 만든 것이다. 말도 안 되는 금액에 회사를 매도하는 계약서에 사인을 해버렸던 것이다. 당시 나는 서로 안면이 있었지만 김 사장과의 회사 매도 계약을 주도적으로 추진했던 이 씨라는 인물에 대한 믿음이 없었다. 김 사장이 이 씨를 비롯해 박 씨, 정 씨 등 질이 좋지 않은 사람들에게 회사를 매도하는 계약서에 도장을 찍는 순간 회사가 날아가 버렸다. 특히 이 씨는 한 달 전에 나를 찾아와 회사 문제를 해결해주겠다며 입에 발린 소리를 했던 사람으로 그의 제의를 단칼에 거절했다. 그런데 김 사장은 이 씨를 만난 지 얼마 되지도 않아 그의 감언이설에 속아 회사를 넘겨버린 것이다.

회사를 재기시키기 위해 날밤을 새며 안간힘 쓰던 나 몰래 자기 마음대로 회사를 양도해버린 김 사장에 대한 분노가 머리끝까지 치밀었다. 당장 신풍건설을 재기시키는 데 필요한 돈이 30억인데 거문도 방파제 공사를 수의 계약하여 선수금을 받으면 충분히 30억에 가까운 돈을 갚을 수 있었다. 그런데 김 사장은 조금만 버티면 해결될 상황에 이 씨 측이 내건 10억 원이라는 인수금에 눈이 멀어 회사를 넘겨버린 것이었다. 공제 조합에 압류를 당해 있던 상황이었는데 이를 무슨 수로 10억 원에 풀 수 있겠는가? 결국 30억을 막지 못한 신풍건설은 최종 부도를 냈고 나는 건설 바닥에 환멸을 느꼈다.

제 2의 전성기를 맞이하다

1996년 7월 신풍 건설이 부도가 난 후 나는 3개월 정도를 신풍건설을 되살릴 방도가 없을까 백방으로 뛰어다니며 마지막까지 노력했다. 그해 10월 김 사장이 회사를 터무니없게 넘겨버리면서 결국 나도 신풍건설을 포기하였다.

1996년 11월에 최 사장이 나를 찾아와 광성진흥건설주식회사에서 일을 해보는 게 어떻겠냐며 소개를 시켜주었다. 광성진흥건설은 최 회장이 사주로 있었는데 최 사장은 내게 광성진흥건설의 대표를 맡아달라고 요청을 해왔다. 당장 결정 내릴 수 없으니 생각을 해보고 답을 주겠다고 대답한 나는 최 사장과 최 회장과 헤어져 집으로 돌아와 고민을 하기 시작했다. 이미 신풍건설에서 동업자 겸 대표를 한번 해보면서 온갖 궂은일은 다 처리하다 결국 뒤통수를 맞았던 전력이 있었기에 남의 돈으로 운영하는 경영은 내 뜻대로 할 수 없다는 것과 내가 노력한 만큼의 대가를 줄 수 없다는 것도 생각했다. 그래서 최 사장 측에게 대표 대신 하청업자로 협력하는 것이 좋겠다고 결론을 내렸다고 전하고 답을 기다렸다.

내가 가진 수주 능력과 회사 운영 능력을 높이 산 최 사장 측이 내 뜻을 존중해 준 덕에 표결이사로 등기를 마치고 하청사업자로 일을 시작했다. 그런데 하청을 받을 때 구두로만 계약을 했던 것이 화근이 된 것이다. 조달청에서 금강 상류 남면제 축조 공사 수주를 하면서 천방종합건설에 하청을 줬는데 이들이 돈만 받아가 놓고는 공사를 제대로 진행하지 못하고 부도를 내고 만 것이었다. 이후부터는 하청 대신 내가 직접 직영하는 체제로 전환했다. 직영을 하면서 도급금액의 50% 선수금을 수령해 입금을 하자 최 회장은 내게 대표이사로 취임해 줄 것을 재차 요청했다. 여러 번 거절했는데 계속되는 요청에 수주금액의 2%에 해당하는 활동비를 주면 대표이사직을 수락하겠다고 조건을 걸었다. 이후 내가 직접 대표이사로 취임을 해 수주 활동을 하면서 조달청으로부터 경기도 여주 대신제 개수 공사를 치수 공사 실직 보유 업체로 제한 경쟁에서 낙찰을 받았고 서울지방국토관리청에서 문산천 피해 복구공사는 수의예약으로 수주를 받았다.

그 밖에도 세검정 초등학교 개축 공사, 용산 역전 승강장 개수공사, 서초초등학교 증축 공사 등 수많은 공사를 수주하여 7등급에 머물고 있던 광성진흥건설을 3등급까지 수직 상승시켰다. 현금 자산도 많이 보유할 수 있었고, 대부분의 현금은 사주인 최 회장님이 가져갈 수 있었다. 이처럼 하청 대신 직영으로 공사를 진행하자 이전보다 수익이 훨씬 많고 회사도 날로 성장을 거듭해 나갔다. 공사수주를 하는 날이면 직원들과 함께 거하게 회식을 하며 우리의 승승장구를 축하하였다.

금강 상류 남면제 개수공사

금강 상류의 남면제 개수공사는 대전지방 국토관리청이 발주하고, 조달청이 계약을 담당했던 공사였다. 도급 순위를 7등급 업체로 한정해 제한 경쟁 입찰을 한다는 공고가 발표되었고, 나는 신인도 및 경영평점이 비교적 좋은 전남 광주의 대진종합건설주식회사와의 공동도급방식을 약정해 입찰 경쟁에 나섰다. 조달청에 입찰 등록을 마치고, 내가 직접 충남 부여에 있는 남면제 현장에서 개최된 현장설명회에 참가했다. 현장 구간 전체를 둘러보고, 도면을 확인한 후 공사와 관련된 설명을 들은 후 서울로 올라왔다.

남면제 개수공사 입찰 당일, 48개사 정도가 입찰실에 들어왔다. 입찰서 투찰 마감이 끝나고 예가 추첨을 하게 되었는데, 예가 15개 중 4개를 뽑아서 평균치의 직상위가 낙찰 업체로 선정되는 방식이었다. 내가 1개의 예가를 추첨했고, 그 외 3개 사도 추첨을 마친 후 초조하게 결과를 기다렸다. 관계자가 나와 광성진흥건설주식회사가 최종 낙찰이 되었음을 선언했을 때, 그때 내가 맛본 감동과 감격은 이루 말 할 수가 없는 것이었다. 신풍건설산업주식회사에서 실패를 경험한 후 처음으로 낙찰한 공사가 바로 금강 상류 남면제 개수공사였기 때문이었다. '아직 하나님께서 나를 버리지 않았구나.'라는 생각에 더 열심히 해봐야겠다고 다짐을 했다. 낙찰 선언이 있는 직후 조달청 토목과로 찾아가 계약 업무 및 내역서 등에 대해 논의를 했다.

낙찰을 받았는데 축하주가 빠질 수는 없는 노릇 아닌가? 사무실로 돌아온 나는 최 회장을 비롯한 광성진흥건설주식회사의 모든 직원과 함께 저녁 회식 자리를 마련했고, 2차, 3차까지 축하 인사는 계속되었다. 실패 뒤에 찾아온 성공의 짜릿함을 맛보게 해주었던 남면제 개수공사는 1997년 8월 10일에 착공을 시작해, 2002년 12월 29일에 준공을 완료했다.

대신제 개수공사

　광성진흥건설㈜이 맡았던 대신제 개수공사는 원래 영도건설산업 주식회사에서 수년간 수의계약을 해오던 공사였다. 그러나 마감공사에서 교량을 삽입해 수의계약을 진행하려는 과정에서 조달청 측이 하자 불분명이 부족하다는 입장을 밝히며 일반공개 또는 제한경쟁으로 공사를 진행하려 한다는 소식을 듣게 된 나는 직접 조달청 본청이 있는 대전으로 내려가 사실관계를 확인했다. 5등급 업체들을 대상으로 제한경쟁 집행이 결정되었다는 사실을 확인한 나는 서울로 올라와 충남 논산의 일산종합건설주식회사에 연락을 취했다. 일산 측의 신인도, 경영평점 등이 우수해 공동도급을 요청해 승낙을 받은 직후 조달청에 입찰 등록을 마치고, 경기도 여주군 대신면 현장에서 진행된 현장 설명회를 내가 직접 참석하여 설명을 듣고 왔다. 총 59개 회사가 참가했었고, 입찰 당일에는 일산종합건설㈜ 김 사장과 내가 직접 참가를 했었는데, 입찰실에는 단 한명만 입장이 가능해 내가 들어갔다.

　예가 추첨을 하는데 내 번호는 14번이었다. 15개 중 14번이라 입찰 성공률이 현저히 낮은 번호를 뽑고 포기 상태나 다름이 없었는데, 두 번째 예가 추첨에서는 7번을 뽑았고 세 번째에서는 5번, 네 번째에서는 8번을 뽑아내면서 총 4개 예가 추첨의 평균치로 낙찰 대상으로 선정되었다. 운이 따랐던 것이었다. 당시 조달청 집행관들로부터 포기 상태에 있던 광성진흥건설㈜ 김학영 대표이사께서 낙찰이 되신 것을 보니 정말 기쁘고, 참가한 보람이 있겠다며 축하 인사를 건네받았던 기억이 난다. 그때 당시, 참가했던 각 회사의 대표들 중 내가 나이가 제일 많았는데 큰 어르신이 나왔기에 낙찰을 받을 수 있던 것 아니겠느냐며 부러움 섞인 축하 인사도 받았다. 낙찰결정이 난 후에는 입찰실 밖에서 기다리고 계시던 일산종합건설주식회사 대표이사와 함께 대전 시내로 나가 술을 한잔 하면서 대신제 개수 공사 낙찰을 자축했다.

대신제 개수 공사는 1998년부터 시작해 2001년 11월에 준공을 완료했다. 공사 낙찰을 통해 어느 정도 이름을 알려 나가면서 더 크고 많은 공사들을 수주할 수 있었기에 광성진흥건설㈜은 3등급까지 도급 순위를 올릴 수 있었다. 당시의 공사는 개인적으로도 만족스러운 경영 성과로 기억되고 있다.

열정과 노력으로 일군 부

수주를 많이 받을수록 내가 받게 되는 금액이 많아졌기에 회사를 성장시키는데 기여한다는 자부심과 함께 재산을 불리는 재미도 있었다. 수주를 받기 위해 노력한 활동비로 수주 금액의 2%씩을 받으면서 수중의 재산이 늘어났고, 2003년 3월에 이르러서는 일부 대

출근을 충당하기는 했지만, 관악구 봉천농에 있는 작은 상가건물을 매입할 수 있었다. 그해 11월에 구입한 상가건물에다가 일부 내부 수리 공사를 거쳐 첫째 아들 내외의 한의원을 열어주었다. 아들 내외가 대치동에서 약 15년간 운영했던 강남부부한의원 1호점에 이어 봉천동에 분점인 2호점을 개업하게 된 것이다.

당시 나는 꽤 많은 돈을 벌며, 자수성가에 성공한 사람이란 수식어를 달고 있었다. 일에만 빠져 살다 보니 뜻하지 않게 가족에겐 소홀했지만, 풍족한 재산은 아니더라도 가족들이 편히 살 수 있게끔 터를 닦았고, 우리 부부 역시 노후에 남에게 손을 내밀지 않아도 생활을 할 수 있을 정도의 재산을 마련했다는 사실에 위안을 얻곤 했다.

내 자신이 워낙 가난하게 자랐던 탓에 하고 싶은 공부 한 번 제대로 해볼 수 없었기에, 나는 자식들에게만큼은 가난을 대물려 주지 않겠다는 확고한 인생의 목표를 가지고 있었다. 적어도 자식들만큼은, 돈이 없어 하고 싶은 공부를 제때 하지 못하고 사람들로부터 업신여김 당하는 일이 없도록 만들겠다는 다짐이 나를 일에만 빠져 살게 했는지도 모르겠다. 내 뜻이 아이들에게 전해졌는지는 몰라도 다행히 아이들은 박사, 석사 학위를 딸 정도로 자신들이 하고 싶어 하는 공부를 제때 마쳐주었다.

건설업계에서 성공하고 싶다는 의지와 가족들에게 부유한 삶을 선사해주고 싶다는 욕심으로 '성공'에만 몰두했던 시간들이었다. 하나씩 소유 건물을 늘려 나가고, 땅을 매입해 나가면서 재산들을 자식들에게 물려줄 생각에 기쁘기만 했다. 그러나 2003년 말경, 최회장이 처음 나와 약속했던 평생 같이하자는 심경에 변화를 보여왔다. 사업이 점점 잘되기 시작하자 다른 마음을 먹기 시작한 것이었다. 마음이 변한 최 회장이 건축담당으로 박 사장을 초빙하면서, 대표이사인 나를 무색하게 만들었다. 더 이상 충돌이 일어나는 것을 원치 않았던 나는 6년 9개월 동안 헌신했던 광성진흥건설을 퇴임하게 되었다.

건설인으로 산 오십여 년

나는 건설업계에서 일생을 바친 사람이다. 처음 건설업계에 입문했던 때가 20살 한창 젊었던 나이였다. 그때만 하더라도 이렇게 오랫동안 건설인으로 살 것이라 예상하지는 못했다. 그도 그럴 것이 내가 삼강건설을 찾아갔던 가장 큰 이유가 야간 고등학교에 다닐 학비를 마련할 요량이었기 때문이다. 삼강건설에서부터 시작된 건설업계와의 인연은 군대를 다녀와서도 계속되었다.

그러나 대도실업을 거쳐 신풍건설에 이르기까지만 하더라도 뛰어난 수주 능력을 가지고는 있었지만, 월급을 받아 생활하는 월급쟁이에 불과했다. 가장 오래 몸담았던 신풍건설에서는 전무이사, 부사장까지 역임했고, 그 기간 동안 회사를 성장시키는 데 온 힘을 다

했다. 그러나 월급 외에는 수익을 하나도 받아들지 못한 채 신풍건설을 나와야만 했다. 1997년 1월에 광성진흥건설주식회사에 들어가면서부터 '대표이사'라는 직함을 달고, 종합건설기업을 전문적으로 운영하는 경영인의 길을 걸을 수 있었다.

건설인으로 오십여 년을 산 내게 누군가 건설업만 해온 것을 후회하지 않느냐고 묻는다면, 내 대답은 당연히 No!일 것이다. 딱 한 가지, 가족에게 소홀했다는 아쉬움과 미안함만 빼면 건설인으로 산 세월을 후회하지 않는다. 한 때는 '내가 만약 계속 사법시험 공부를 해서 법관이 되었다면 어땠을까?'란 생각을 했던 적도 있었다. 하지만 너무나 예쁘고 착한 손녀딸 태희가 내 꿈을 대신 이루어 주었고 현재 대형 로펌 회사에서 근무하고 있다.

제주도 항몽유적지처럼 가끔 여행지에서 만나는 내 손길이 닿은 건축물들을 볼 때마다 건설인으로 살길 참 잘했다 싶다. 또 그 누구보다 부지런히 자신의 일에 열중하면서 다른 이들로부터 능력을 인정받을 수도 있었기에 어느 정도의 사회적 지위도 얻을 수 있던 것은 아닌가 생각한다. 성공이란 것이 꼭 막대한 부를 얻는 것만은 아니다. 먹고 살만큼의 여유로움과 스스로 자신이 해낸 일에 대한 성취감을 누릴 수 있다면 그것이야말로 성공한 삶이 아닐까?

제5장

가족 그리고 아내 정재엽과
다섯 남매

누님과의 추억

위안부 동원령을 피하기 위해 열일곱이라는 나이에 일찍 시집을 가신 누님을 생각할 때면, 늘 그리움이 앞선다. 일찍부터 출가외인으로 자주 만나 뵙기 어려웠고, 누님의 부재로 인해 어머니 혼자서 집안일을 하시는 것이 안쓰러워 자주 일을 도와드리다 보니 집안에 일이 생기지 않는 이상 서로 왕래하기가 어려웠기 때문이다.

1945년 봄에 전남 담양군 무정면 안평리 주 씨 집으로 시집을 가신 누님을 만나 뵙기 위해서는 약 12km가 족히 넘는 산길을 걸어야만 했다. 집안에 문제가 생겼다든가, 누님이 보고 싶을 때면 산길을 혼자 걸어갔던 기억이 마치 어제 일처럼 생생하다. 내가 결혼을 한 후에는 큰아들과 큰딸을 데리고 누님 댁에 다니곤 했다. 규필이가 공부로 바빴던 시기에는 둘째 딸과 셋째 딸, 막내를 데리고 누님 댁에 다녀오곤 했다. 누님의 자식들이자, 조카들이 서울로 올 일이 생길 때면 서울 우리 집에 잠깐씩 머물곤 했다.

7남매를 잘 키워, 모두 시집 장가를 보내신 누님께서는 누구보다 검소하고, 부지런한 분이셨다. 살아계셨다면 올해로 96세가 되셨다. 내가 어렸을 때는, 그런 누님에 대한 그리움으로 길을 나서곤 했었는데 지금은 아이들과 누님의 자식들이 친형제처럼 가깝게 연락하며 지내고 있기에 흐뭇한 마음이다. 언젠가 기회가 닿는다면 누님은 작고하셨어도 조카 7남매, 그리고 우리 내외와 5남매가 모두 함께 가까운 곳으로 여행을 다녀오고 싶다.

현영(賢永) 형님에 대한 그리움

내 가슴 속에 남아있는 현영 형님에 대한 기억은 원망이 반이고, 그리움이 반이다. 젊었을 때는 장남이라는 자리 때문에 동생들보다 늘 먼저 대접받고 많은 혜택을 누리시는 형님의 모습에 화도 많이 났었다. 그리고 살아오면서 형님께서 가족만 먼저 생각하고 누님이나, 동생들인 나와 성영이의 일은 제대로 신경을 써주시지 않는 모습에 실망도 적지 않았다.

칠순을 조금 넘긴 나이에 돌아가신 형님의 영정 앞에 서니 그제야 억눌러왔던 설움과 슬픔, 차마 애틋하게 제대로 한 번 나눠보지 못한 형제간의 정에 대한 그리움이 사무쳐 절로 통곡 소리가 새어 나왔다.

이제는 형님께서 왜 그렇게 가족들을 지키려 애를 쓰셨는지 이해할 것도 같다. 한 집안의 장손이었던 형님께서 느끼셨을 책임감과 새로 가정을 일군 후 당신의 가정을 돌보시느라 느끼셨을 막중한 책임감의 무게를 완전히는 아니더라도 어느 정도는 헤아릴 나이가 아닌가?

장남이라는 자리가 원래 그런 것이 아니겠는가? 온 집안의 기대

를 한 몸에 받아야 했던 형님께서 기대에 부응하지 못할까 봐 전전
긍긍하며 홀로 고민하고, 또 고민하셨을 시간들을 생각하니 "왜 진
작 형님께 살갑게 대해드리지 못했을까?"란 후회도 든다.

형님께서 작고하신 지 벌써 십수 년이 흘렀다. 어렸을 땐, 형님에
게만 향하는 부모님의 기대와 형님께서 하고자 하는 일엔 그토록
관대하게 지지해 주었던 아버지, 어머니의 사랑이 내 몫으로 주어
지지 않는다는 사실에 철없는 마음으로 형님을 참으로 많이 원망하
기도 했다. 더구나 나도 나이를 먹고 형님께서도 조금씩 나이가 드
시면서 우리 형제들은 각자의 삶에 바빠 서로 이해해주고 살뜰하게
챙길만한 여유가 부족했다.

만약 내가 조금 더 마음의 문을 열고 형님께 먼저 다가서려고 노
력을 했었다면, 지금 이렇게 형님에 대한 그리움과 미안함, 한스러
움이 조금은 가셨을지도 모를 일이다. 부디 먼저 가신 형님께서 하
늘나라에서 행복하시길 바란다.

동생 성영(成永)에게 힘이 되어주다

1969년 3월쯤으로 기억이 된다. 막내 동생인 성영이가 먹고 살 길
을 열어달라며 나를 찾아왔다. 어머니께 물려받은 논과 밭을 매입
해달라고 부탁을 해왔다.

"형님께서 지금 경작하고 있는 논, 밭을 좀 사주시면 안 되겠소?"

"그건 큰 형님이신 현영 형님께 부탁드리고 상의해야 할 일인 것 같다. 그런데 왜 형님이 아닌 내게 와서 매입해 달라고 부탁을 하는 것이냐?"

반문하는 내게 성영이가 대답하길 큰 형님께 부탁을 드려보았으나 여의치가 않았다는 것이었다. 조상으로부터 물려받은 땅을 어머니께서 아직 돌아가시지도 않았는데 판다는 것 자체가 용납할 수 없다는 것이 큰 형님의 대답이었다. 그도 그럴 것이 어머님이 아직 생존해 계시는데, 미리 받은 유산을 자식들이 마음대로 처분할 수는 없는 노릇이었다. 방도를 궁리한 끝에 같은 혈족인 내가 땅을 사들이면 괜찮을 것이라 여긴 모양이었다.

당시 성영이는 사업을 할 요량으로 자본금이 필요했었고, 자신이 물려받은 땅을 팔면 그 돈을 마련할 수 있으리라 생각했다. 그러나 아무리 사정을 하고, 애걸복걸을 해도 큰 형님의 마음을 돌릴 방도가 없어 혼자 몇 날 며칠을 고민한 끝에 나를 찾아왔던 것이었다.

성영이가 땅값으로 제시한 금액은 이백만 원 돈이었다. 1969년도의 이백만 원이면 서울 변두리에다가 집 한 채를 구입하고도 남을 정도의 상당한 금액이었다. 동생은 내게 이백만 원이 필요하니, 제 몫의 땅을 형님께서 매수하여 등기이전까지 해가시라는 부탁을 해왔다. 동생으로부터 땅을 팔고자 하는 자초지종을 들으면서 나는 자신이 처음 서울로 올라갈 결심을 했을 때를 떠올렸다. 도저히 현

제의 상태로는 지긋지긋한 가난을 벗어날 수 없을 것이란 판단에 먹고 살기 위해서, 성공하기 위해서 소 한 마리를 팔아 서울로 올라왔던 나처럼, 동생의 지금 상태는 무척이나 절실했던 것이다.

하지만 내가 아는 한, 큰 형님께서는 한 번 결정한 일은 번복하는 법이 없으신 분이셨다. 한 번 동생의 부탁을 거절한 형님께서 말씀을 번복해 땅을 팔 수 있도록 허락해주실 리 만무했다. 나는 동생을 위해서 땅을 사기로 결심했고, 동생에게 필요한 금액을 지불했지만 형님과 어머님에 대한 죄송스러움에 등기 이전은 몇 년 후로 미루었다.

그때의 결정이 옳았던 것인지는 몰라도, 내가 땅의 매입대금으로 주었던 돈으로 자본금을 삼은 성영이는 사업수단을 발휘하며 제법 많은 돈을 벌어 나갔다. 동생은 성남시에 상당한 규모의 저택 겸 상가 딸린 집을 구입하였고, 경제적으로도 큰 부를 축적했다. 만약 내가 그때 당시에 동생의 간절한 청을 외면했더라면, 지금 동생은 현재의 모습으로 살고 있지 못할 수도 있다는 생각에 도와준 것이 잘한 일이라 여기고 있다.

성영이는 내가 경영하는 회사에 와서 토목공사 하도급을 많이 했고, 경제적으로 여유를 가지며 성장해 나갔다. 함께 일을 하면서 나는 성영이가 사리분별을 잘해 기특하게 생각했다. 친인척끼리 사업으로 얽히면 부정을 저지르거나 비리를 양산하는 사례가 많은데, 성영이와 나는 그렇지 않았다. 회사에서만큼은 철저한 상하관계로 업무에 빈틈이 나지 않도록 만전을 기울였고, 퇴근을 하고 나서야 형과 아우의 관계로 되돌아오곤 했다. 성영이의 강직한 성품과 주변의 유혹에 흔들리지 않는 대쪽 같은 자세를 너무나 잘 알고 있었기에 믿고 일을 맡길 수 있었다.

동생의 자식들인 조카들도 동생의 성품을 그대로 빼어 박아 사회적으로 인정받는 삶을 살고 있다. 큰 조카는 건축공학박사 학위를 취득하였고, 작은 조카 역시 LG그룹의 부장으로 재직 중이며, 조카딸은 디자이너로서 열심히 자신의 몫을 다하면서 살아가고 있다. 잘 키운 자식들과 부부 간의 행복한 정을 자랑하며 잘살고 있는 동생의 모습을 볼 때면 기분이 좋아진다. 누군가 내게 사회생활을 하면서 친인척들을 위해 가장 보람 있는 일을 한 것이 무엇이냐고 물어온다면, 나는 성영이를 도와주었던 일이라 대답할 것이다.

김학영의 다섯 손가락, 아이들 이야기

• 장남 김규필

1963년에 첫 아들인 규필이가 태어났다. 바로 호적에 올렸어야 했는데, 어머니께서 고향에 생존해 계시기 때문에 호적부가 고향에 있어 고향 형님께 규필이의 출생신고를 대신 해 달라 부탁을 드렸다. 그러나 형님께서 1년 늦게 출생신고를 하시는 바람에 규필이의 주민등록상 생년월일은 1964년으로 되어 있었다. 이 때문에 규필이

175

가 초등학교에 입학할 나이가 되었어도 일 년 늦은 출생신고 탓에 학교를 제때에 보낼 수가 없어서 집사람이 마음고생이 이만저만이 아니었다. 그때 고생한 아내를 생각하면 지금도 미안함을 느끼고 있다.

호적을 비록 늦게 올라갔지만, 잘 자라준 규필이를 보고 있노라면 자랑스러움이 앞선다. 규필이는 부모 속 한 번 썩히는 법 없이 스스로 알아서 자신의 일을 해내는 아이였다. 또 부모에 대한 효심도 지극해 나와 집사람을 지극정성으로 봉양하는, 착하고 심성 고운 장남이다. 좋은 성적을 거두었기에 한의대를 가지 않아도 원하는 대학은 어느 곳이든 갈 수 있었지만, 규필이가 선택한 진로는 '한의사'였다. 왜 한의사가 되려 하느냐는 물음에 아프신 어머니를 제 손으로 고쳐드리고 싶다고 대답할 만큼 효성이 지극했다. 그래서 경희대학교 한의과 대학에 입학하였고, 장학금을 타기도 하며 졸업 후에는 한의학 석사 및 박사학위까지 받아주었다.

게다가 결혼을 한 후에는 우리 내외에게 첫 손녀딸 '태희'를 안겨주기까지 했다. 손녀딸 태희는 7개 국어에 능통한 매우 영특한 아이이다. 미국 조지타운 대학교를 졸업한 태희는, 현재 조지타운 대학원 로스쿨에 입학해 장학금을 받았고 국제법률 공부를 하였다. 이 할아버지가 못다 이룬 법관의 꿈을 대신 이루었고 법학박사 학위도 받고 현재는 매형 로펌에서 변호사로 근무하는 손녀딸 태희에게 너무나도 고맙고, 사랑한다는 말을 해주고 싶다. 앞으로 2년 후면, 법학박사 학위를 받게 될 손녀 태희가 훌륭한 국제법 변호사가 될 것이라는 기대가 크다.

• 장녀 김미현

1965년에는 첫딸인 미현이가 태어났다. 여전히 호적부는 고향에 있었고, 고향 형님께 이번만큼은 규필이처럼 늦게 출생신고 하는 일이 없도록 신신당부를 드렸다. 그러나 형님께서는 미현이마저 출생신고를 차일피일 미루셨고 일 년이 넘어서야 면사무소를 찾아가 출생신고를 마치셨다. 원망하는 마음은 컸지만, 어머니께서 살아계신 한 호적을 옮겨올 수는 없다는 생각으로 본적을 이전시키지는 못했다. 미현이는 실제 태어난 년도가 아닌 1966년생으로 주민등록상에 등재되어 있다.

미현이는 어려서부터 장녀라는 책임감이 남달랐었다. 자신이 소중히 아끼는 물건을 동생들이 갖고 싶어 하면 망설임 없이 내어줄 정도로 동생들을 아꼈고, 부모님의 말이라면 군말 없이 따랐으니 말이다. 큰딸이라는 자리에 있어서였는지는 몰라도 자립적이고 늘 부지런했다. 1984년에는 한양대학교 교육공학과에 장학금을 받으며 입학을 하였고, 1988년에 대학을 졸업한 직후부터 노스웨스트 항공사 근무를 시작으로 아시아나 항공사를 거치며 스스로 자립해 나갔다. 부모에게 손 한 번 벌리는 법이 없이 본인이 저축한 돈으로만 연세대학교 대학원에 진학해 영어교육 석사 학위를 받았으며,

결혼도 자신의 힘으로 치렀다. 이후 미현이는 캐나다 대사관에서 근무하였고, 번역사, 이민 유학 컨설턴트 등으로 활약하며 자신만의 커리어를 쌓아 나갔다.

지금은 ㈜한마음이주공사의 설립자이자, 대표로 캐나다, 미국, 호주, 뉴질랜드 등의 세계 각국으로의 이민과 유학을 희망하는 사람들을 돕고 있다. 우리 부부의 딸이자, 회사를 운영하는 경영자로서 자랑스러운 미현이는, 두 딸의 엄마로서도 훌륭히 제 몫을 해내고 있다.

미현이의 큰딸 정하선은 캐나다에서 토론토 대학을 경영, 경제, 컴퓨터 사이언스까지 최단기간에 3가지 전공의 학사 학위를 받고 온타리오 교육청의 프로그램 개발자로 근무하다가 동생이 미국의 과대학 진학을 위해 이주한 후 혼자 남은 캐나다의 삶에 대해 고민하다 귀국하여 서울대학교 컴퓨터 사이언스 전공으로 석사를 마친 후 현재는 에릭슨 LG의 프로그래머로 능력을 인정받으며 근무하고 있다, 둘째딸 정하연은 캐나다 최고 명문 보딩 스쿨에서 높은 학업능력과 남다른 봉사 활동 기록을 남겼고 뉴욕 대학 법학 대학 과정을 마쳤습니다. 그 후 의대 진학을 위해 라이어슨 대학에서 학점 이수를 끝마치고 현재 미국의 의과대학 석사과정을 마무리 중이다.

• 차녀 김미경

1967년, 둘째 딸인 미경이가 태어났다. 그러나 여전히 호적부는 내가 태어난 고향에 있었고, 제발 이번만큼은 제때 출생신고를 할 수 있도록 형님께 얼마나 부탁을 드렸는지 모른다. 그런데 형님께서는 끝끝내 나의 부탁을 저버리셨다. 미경이마저 태어난 지 일 년이 지난 날짜로 출생신고가 되어버린 것이었다. 더 이상은 고향의 형님을 믿을 수가 없었다. 호적 이전 문제를 연장할 필요 없이 바로 본적 이전을 하겠다고 어머니께 말씀드렸다. 그러나 어머니께서는 당신이 살아 있는 한은 본적을 파가는 일은 없어야 한다는 완고한 입장이셨고, 나는 어머니의 뜻에 따라야만 했다.

미경이는 심성이 참 고운 아이였다. 생각해보면, 전형적인 현모양처 감이란 생각이 들 정도로 사람을 보살피고, 힘껏 내조하는 능력이 뛰어났다. 세종대학고 국어국문학과를 졸업한 후 직장생활을 하다가 결혼을 한 미경이는, 지금은 한 남자의 아내이자 채준이, 수민이의 엄마로 살았고 수민이는 충북교육대학교에서 미술을 전공하고 졸업한 후 학원에서 미술을 지도하는 교사로 근무하고 있으며 채준(승한)이는 건국대학교 공과대학 3학년에 재학중에 있으며 장학금을 받고 있다. 둘째 딸은 이토록 가족들을 지극정성으로 보살피고 있다. 미경이를 볼 때면, 아내의 모습이 겹쳐지곤 한다. 아내 역시 한평생을 남편인 나를 극진히 내조하며 아이들이 이렇게 훌륭하게 성장할 수 있도록 자기 자신보다 아이들을 더 아끼고 사랑했으니 말이다.

179

· 삼녀 김미정

1970년 셋째 딸 미정이가 태어났다. 사실은 위로 두 딸이 있었기에 이번만은 아들이길 원했다. 그러나 또 딸이 태어나자 실망감은 이루 말할 길이 없었다. 아내와 상의 끝에 더 이상 아이를 갖지 않겠다고 서로 뜻을 맞추었다.

미정이는 늘 종이에 무언가를 그리고, 오리는 것을 좋아했다. 소위 말하는 미적 감각이 남달랐던 미정이를 보며, 나중에 많은 사람들로부터 인정을 받는 화가가 되었으면 좋겠다는 바람을 가졌다. 그러나 미정이는 화가가 아닌, 디자이너로서의 길을 선택했다. 국내 미술대학 중에서는 손꼽히는 곳인 홍익대학교에 응시를 하지만 아깝게 떨어졌고, 2차 후기인 한성대학교에 진학을 했다. 학과 대표를 지내고 4년 동안 장학금을 받았고 국내 미술대회에서 수차례 입상하였다. 대학을 졸업한 후에는 웅진 출판사에 취직해 디자이너로 활동했다.

지금은 작은 개인 작업실을 차려두고 본인이 좋아하는 디자인을 하면서 살고 있지만, 우리 부부는 미정이가 하루라도 빨리 안정적인 가정을 이루길 소망하고 있다. 혼자 사는 삶보다는, 든든한 남편과 토끼 같은 자식들과 함께 좋아하는 일을 마음껏 할 수 있는 따뜻한 삶이 더 좋지 않겠는가?

· 차남 김규선

1974년 막내아들인 규선이가 태어났다. 갑작스러운 입덧 탓에 임

신임을 직감한 나와 아내는, 미정이를 마지막으로 아이를 갖지 않 겠다는 약속을 떠올려야 했다. 지금의 규선이에게 미안한 말이지만 우리는 하나님이 주신 아이를 억지로 떼어낼 악한 마음을 가지고 있었다. 이리저리 수소문해 낙태가 가능한 병원을 찾아다녔지만 만 나는 산부인과마다 안 된다고 고개를 가로저었다. 네 번의 병원 상 담을 마치고서야 우리는 아이를 낳기로 결심했다. 그리고 12월 초 새벽 세시에 규선이에게 세상의 빛을 선물할 수 있었다. 규선이만 큼은 앞서 형과 누나들처럼 늦게 출생신고를 하지 않겠다는 일념으 로 내가 직접 면사무소에 전화를 걸기까지 했다.

다섯 아이 중 유일하게 내 손으로 출생신고를 해준 규선이는 형, 누나들과 달리 태어난 날로 신고가 되어 있다. 규선이의 출생일은 다른 아이들에겐 미안한 말이지만, 다섯 아이를 낳고도 아비 노릇 을 제대로 못해주었던 못난 아버지가 처음이자 마지막으로 아이의 출생신고를 직접 하면서 아버지 노릇을 제대로 했다고 느낀 날이기 도 하다.

규선이는 막내로서 형, 누나들에게 많은 사랑을 받고 자라서인지 자신이 받은 사랑을 남들에게 베풀 줄 아는 심성이 고운 아이였다. 초등학교, 중고등학교를 졸업할 때까지 다른 이들을 돕고 배려하는 아이라는 칭찬이 자자했으니 말이다. 당연히 규선이를 좋아하며 믿 고 따르는 사람도 많았다. 한국 외국어대학교 불어불문학과를 다닐 때는 동아리를 조직해 연극 활동도 했다. 졸업 후에 규선이는 파주

1975년 막내 돌에 찍은 가족사진

막내인 규선을 낳고 몇 년 후의 가족사진

고등학교 영어 및 불어 교사로 근무하다가. 사업을 하겠다면 서 사표를 냈다. 그리곤 큰 누나인 미현이가 운영하는 한마음이주공사㈜에서 근무를 했고, 결혼하여 시호, 지호 자매를 두고 있는 가장이 되었다. 지금은 캐나다로 이민을 가서 그곳에서 사업을 활발하게 확장해 나가고 있다.

아내와의 첫 만남

내가 아내를 처음 소개받았을 당시, 맞선을 주선했던 이로부터 들었던 이야기는 해남의 부잣집 막내딸로 곱게 자란 사람이라는 것이었다. 아내는 서울로 시집을 온 큰 언니 댁으로 올라와 지내던 중에 나를 소개받았다. 아내는 사랑스럽기 그지없는, 꽃다운 스물 두 살의 곱디고운 처자였다. 마음씨가 얼마나 좋았는가 하면, 첫 데이트 이후 내가 어렵게 혼자 살고 있는 것을 알고 하숙집으로 찾아와 청소도 해주고, 빨래도 간간이 해주면서 내가 지내기에 어려움이 없도록 마음을 써주었다.

고향 집에 결혼을 하겠다고 통보를 한 후, 결혼식 당일 아침이 밝아왔다. 그런데 식장에서 예식 시간이 다 되어갈 무렵까지 아무리 기다려도 신부가 나타나지 않는 것이 아닌가? 무슨 큰 일이라도 생겼는가 싶어 나는 아내의 집으로 한달음에 달려갔다. 아내는 미장

원에 가고 없었고, 큰 언니는 아무 준비도 없이 집에 있었다. 집에 무슨 일이라도 생겼느냐 자초지종을 물어보니 큰 언니는 시골에서 부모형제들이 태풍으로 결혼식에 못 와서 결혼식을 그만 두자며 이 결혼을 포기하자는 말을 꺼냈다. 나는 인륜지대사를 앞두고 무슨 큰일 날 소리를 하느냐며, 큰 언니에게 빨리 준비하고 결혼식장으로 오라고 부탁을 한 후, 곧장 아내가 있는 미장원으로 달려갔다. 그리곤 아내의 손을 잡아끌고 대충 드레스를 골라 입히곤 급히 예식장으로 향해 예정된 시간보다 늦게 결혼식을 치를 수 있었다.

아내가 마련해 온 혼수는 부부가 쓸 이불 한 채뿐이었고, 나 역시 아내에게 예물이라고는 금반지 하나를 끼워주는 것이 전부인 가난한 결혼식이었다.

아내는 무척이나 검소하고 부지런한 사람이었다. 요령이라고는 눈 씻고 찾아볼 수도 없는 그런 알뜰한 사람이기도 했다. 그런 아내 덕분에 우리는 결혼한지 11개월 만에, 월세방에서 전세방으로 옮길 수 있었고, 1년 반 만에 집을 마련할 수 있었다.

가족에게 주었던 선물

전국 각지에 있는 공사 현장으로 출장을 다니면서, 여러 섬들도 다녔다. 바쁜 일정을 쪼개면서도 내가 단 한 가지, 꼭 했던 일이 바로 그곳의 명물을 사다가 가족들에게 선물을 하는 것이었다. 거문도의 흑갈치, 강화의 장어, 목포에서는 세발낙지 및 홍어, 제주도에서는 전복 등, 내가 다녔던 현장 지역에서 이름난 특산물을 사다가 집에 가져가곤 했다. 그 중에서 울릉도 오징어는 큰딸 미현이가 특히 좋아했던 것이었다. 오징어만 보면 그냥 지나치지 못한 까닭에, 미현이는 자신의 갸름했던 얼굴에 각진 턱 선이 생겨났다며 속상해하기도 했다. 일 때문에 가족들과 많은 시간을 보낼 수 없어 미안했던 내게, 가족들을 위한 선물을 고르는 그 짧은 시간만큼은 그래도 행복했었던 것 같다.

멀리 출장을 떠나 현지의 맛있는 음식들을 먹을 때면, 아내와 아이들도 이걸 맛있게 먹겠구나 하는 생각에 출장을 마치고 돌아오는 길에는 일부러 포장을 해다가 집에 가져다주곤 했다. 그래서였는지 몰라도 언젠가 아내는 내 덕에 유명하다는 음식은 안 먹어 본 것 없이 다 먹을 수 있었다며 고맙다는 말을 하기도 했다. 지금이야 TV 화면을 통해 전국의 맛집들에 대한 이야기를 본 사람들이 일부러 그곳까지 찾아 나서기도 하지만 어려웠던 시절에 어디 그게 마음대로 되는 일이었겠는가? 아버지의 마음이란 것이 제 입에 맛있는 음식이 들어가기 보다는, 아내와 아이들이 더 맛있고, 좋은 음식을 먹을 수 있기를 바라는 것이 아닌가 싶다.

1969년쯤인가, 우리 집에는 TV가 없었다. TV가 보고 싶었던 큰아들 규필이가 자주 이웃집에 가서 TV를 보고 온다는 이야기를 들은 니는 당장 TV를 구입했다. 미현이는 자기가 여섯 살 무렵부터 TV 드라마를 가족들과 볼 수 있었다고 용케 기억을 해냈다. 저녁 시간이면 가족들은 TV 앞에 앉아 드라마를 시청하곤 했다. 당시 우리 가족들이 즐겨 보던 연속극에는 탤런트 태현실 씨가 나왔는데, 나는 태현실 씨를 보면서 아내를 닮았다는 말을 하곤 했다. 그러나 아이들은 엄마가 엄앵란 씨와 닮은 것 같다고 대꾸를 했었던 기억도 있다. 그렇게 곱디 고왔던 아내가 지금은 몸이 좋지 않아 먹고 싶은 것, 보고 싶은 것 하나 마음먹은 대로 하지 못하고 있으니 너무도 안타깝고, 모든 것이 내 탓인 것만 같아 후회스럽기만 하다.

가족의 생일

출장길에 그곳의 명물들을 사오는 것 외에도 해마다 내가 빼놓지 않았던 것은 아내와 다섯 남매의 생일을 챙기는 일이었다. 아이들의 생일날 아침이면 아내가 정성스럽게 마련한 생일상을 놓고, 축하한다고 인사를 건넸었다.

딸아이들의 생일이면 꼭 시집과 같은 책을 사주었었는데, 아내처럼 마음이 곱고, 심성이 여린 감수성이 풍부한 사람으로 자라나길 바랐었기 때문인 듯하다. 아들 녀석들의 생일엔 기타나 자전거, 과학 분야의 전집 등과 같이 그 나이 또래의 남자아이들이 관심을 갖고 있는 것들을 사주곤 했다. 가지고 싶은 것이 많아도 가난 때문에 어느 것 하나 제대로 가져본 적이 없는 나처럼 살게 만들고 싶지 않았기 때문이다. 적어도 아이들만큼은 가난으로 인해 자신의 꿈을 꺾어버리는 안타까운 상황을 만들어주고 싶지 않았다.

아내의 생일에는 주로 보석을 선물했다. 예전에 그저 집을 마련하기 위해서 서로 아끼고 노력하며, 저축만 했었기에 제대로 된 선물 하나 해준 기억이 없어서, 남들에게 부러움을 살만한 예쁘고 귀한 보석들을 사주고 싶었었다. 가끔은 맘에 드는 옷을 사 입으라며 돈 봉투를 건네기도 했다. 내가 직접 옷 가게에 가서 골라주고 싶은

환갑 기념일에 찍은 가족과 친지

마음도 있었지만, 늘 바쁘다는 핑계 아닌 핑계가 그런 자리를 만들지 못하게 했다. 내가 좀 더 살갑고 따뜻하며 자상한 남편이었다면, 나에 대한 아내의 원망이 조금은 덜하지 않았을까 싶다.

가족 나들이

지금 이렇게 지난날들을 되돌아보다 보니, 핑계 같지만 일에만 매달려 사느라 가족과 함께했던 날들에 대한 기억이 많지 않다. 아이들의 입학식엔 늘 아내만이 참석을 했었고, 졸업식에는 꼭 참석해보려고 애를 썼지만 때때론 회사 일정을 빼지 못해 기사를 보내 사진을 찍어주곤 했던 기억이 난다. 그래서 궁여지책으로 생각해낸 것이 가족들과 함께 나들이를 가는 것이었다.

큰딸 미현이의 기억 속에는 남산이 온 가족이 함께 떠났던 첫 나들이 장소로 남아있다. 아마 미정이가 돌이 되었을 무렵인 듯하다. 아내는 자신을 도와 가사 일을 해주던 순자라는 아이와 함께 김밥이며 삶은 계란이며 나들이에서 먹을 도시락을 준비하느라 아침부터 바빴었다. 남산에 도착해 돗자리를 깔고 아이들이 자유롭게 뛰어노는 모습을 보면서 아내는 무척이나 즐거워했고, 나는 자주 이런 자리를 마련해야겠다는 생각을 했다. 하지만 점심을 채 먹기도 전에 나는 회사 일로 남산을 떠나야 했다. 아내와 순자에게 아이들과 즐거운 시간을 보내고 오라고 당부를 하면서도 마음은 내내 무거웠다. 가족보다 일이 먼저인 남편을 보내면서 아내가 느꼈을 원망이란! 만일 시간을 되돌릴 수 있어 그때로 다시 돌아간다면, 일 때문에 가족과 함께 보내는 소중한 시간을 그렇게 헛되이 보내지 않을 것이다.

두 번째 가족 나들이는 내가 행당동에 살 때로 기억된다. 집에서 제법 멀리 떨어진 산으로 나들이를 갔었다. 미경이가 초등학교에 갓 입학을 했을 때인데, 지인들의 가족들과 함께했던 자리였다. 이후에 규필이와 미현이를 회사 직원들끼리 떠나는 야유회에 부르기도 했다. 아내는 오지 않았지만, 직원들의 자녀들 중 규필이 또래 아이들이 있었기에 심심하지 않을 것이라 생각했다. 세 번째 나들이 장소는 경복궁인지, 덕수궁인지 정확하게 기억은 나지 않지만 서울 시내에 있는 궁궐이었다.

규필이는 TV를 보는 것을 좋아했고, 특히나 만화책을 보거나 오락기를 가지고 노는 것을 좋아했다. 저녁 식사를 해야 하는데 규필이가 보이질 않으면 아내는 동네에 있는 만화가게에서 규필이를 찾아와 밥을 먹일 정도였다. 너무 만화만 좋아하는 것이 아닌지 아내와 나는 걱정을 많이 했었지만, 크게 혼을 내거나 하지 못하게 강요를 하지는 않았다. 언젠가 규필이가 스스로 자신의 행동을 제어하고, 시간을 조율할 수 있을 것이라 믿었기 때문이었다.

아이들이 자라면서 가족 모두가 함께 여행을 떠날 수 있는 기회는 점점 더 적어졌다. 큰 아이는 대입 시험을 준비해야 했고, 다들 학생들이있던 터라 일부러 시간을 내서 여행을 다녀올 만큼 마음의 여유가 부족했다. 게다가 집에서 멀리 떨어진 고등학교에 다니고 있던 규필을 위해 아침마다 등교를 도와주느라 우리 부부는 새벽부터 부지런을 떨어야 했다.

아내는 막내인 규선이가 초등학생이 되고 난 후부터는 조금씩 여유를 갖기 시작했다. 미용실이나 의상실을 다니면서 조금씩 멋을 부리기 시작했고, 에어로빅을 하러 다니면서 건강에도 신경을 쓰기 시작했다. 늘 조용하고, 집에만 있던 아내가 못내 안타까웠었던 나는 조금씩 바깥생활을 하기 시작한 아내의 변화가 반가웠다. 내가 아내에게 해줄 수 있는 일이 많지 않았기에 늘 미안함을 갖고 있었기에, 될 수 있으면 아내가 자신이 하고 싶어하는 일을 마음껏 하면서 즐겁게 살길 원했기 때문이기도 하다.

우리 가족 모두가 함께 여행을 떠났던 것은 아니지만, 설악산으로 1박 2일 동안 여행을 떠나기도 했고, 제주도를 3박 4일 동안 여행하기도 했다. 아쉽게도 미경이와 규필이는 함께 가지 못했지만, 막내 규선이와 미정이, 큰딸 미현이, 그리고 조카네 가족까지 함께 떠났던 제주도 여행이 특히 기억에 남는다. 사랑스럽기만 한 손녀딸 하선이의 재롱을 볼 수 있었고, 내가 직접 공사를 했던 제주도 현장을 가족들에게 소개를 시켜주기도 했다. 잦은 출장으로 이름난 명소뿐만 아니라, 현지의 숨어있는 볼거리를 제법 많이 접할 수 있던 나는 가족여행 때마다 아이들에게 숨겨진 명소를 구경시켜주면서 아이들이 좀 더 많은 것을 보고, 느끼며, 경험하길 바라기도 했다.

내 아내, 정재엽에게

가정적으로는 지나칠 정도로 집사람에게만 일임했다. 사업 관계 및 사회 활동에만 집중한 나머지, 아내와 자식들에게는 상대적으로 소홀해졌던 것이다. 항상 죄책감을 느끼고 있다. 아내에 대한 반성문 겸 자식들에게 미안한 마음을 이 지면을 빌려 쓴 편지로 일부나마 들려주고자 한다.

> 아내에게
>
> 1962년 12월 6일에 약혼식을 올린 후, 같은 해인 1962년 12월 28일에 결혼식을 치르며 당신과 나는 백년가약을 맺었소. 연말이 가까웠던 터라 신혼여행도 가지 못하고, 유난히 추웠던 날씨 탓에 자식의 결혼식에 오실 수 없었던 어머니께 인사를 드리기 위해 고향집으로 향해야 했지요.
>
> 어머님을 찾아뵙고, 친인척 어르신들께 인사도 올리고, 그간 자주 찾아볼 수 없었던 형제자매들도 만나면서 고향에서의 바쁜 일정을 소화한 후에야 설날을 맞이했었던 것으로 기억하오.
>
> 당신을 보신 어머니께서는 시집살이를 시켜야 한다며 고집을 피

우셨고, 고향 집에서 몇 달을 보내도록 강요하셨소. 옛 풍습이 그러했거니와 내 자신 역시 고지식한 면이 있던 터라 어머니의 말씀을 거역하지 못했다오.

다음에 올라오라는 말만 남기고 당신을 시골집에 홀로 남겨두고 나 혼자 상경했던 그 때, 당신이 느꼈을 서글픔과 고통을 짐작하니 지금도 죄스럽기만 하오.

서울로 올라온 지 20여 일이 지났을까? 중학교 동창인 김홍필과 윤용주가 나를 찾아와 빵 공장을 동업해보지 않겠느냐는 친구들의 제안에 며칠 생각하고 결정하자고 했으나 이미 생각은 그쪽으로 기울었음을 당신도 이해할 것이라 믿소. 당시 친구들은 각 학교에 급식용으로 빵을 납품하면 돈이 될 것이라 생각했고, 나 역시 그들의 생각에 동의하고 있었소. 용산구 보광동에 공장을 지을 장소를 마련하긴 했는데, 공장에 상주하며 책임지고 돌 볼 사람이 없었소. 그래서 생각한 것이 고향 집의 동생을 불러올리는 것이었지.

동생과 함께 당신이 서울로 올라왔소. 그때부터 진짜 신혼생활이 시작되었던 것이지. 고향집에서 어머님과 식구들을 보살피면서 살림하느라 애썼을 당신을 생각하면 지금도 너무 미안하고 항상 죄스러운 마음뿐이오.

우리의 첫 번째 신혼집을 기억하오? 용산구 해방촌의 작은 월세방이었지. 그곳에서 규필이가 태어났고, 잘 자라주었지만 집주인이 횡포를 부려 이사를 해야겠다고 결심했고, 그렇게 이사를 간 곳이

용산동이었지요. 그곳에서 몇 개월 살다 보니 규필이가 기어 다니기 시작했고, 집이 좁다는 생각이 들었소. 전셋집이나 월세방 말고 내 이름으로 된 집을 장만해야겠다는 생각으로 이태원동에 집을 장만했지. 방 두 칸짜리 이태원동 집에서 생활비를 줄여볼 요량으로 한 칸은 세를 내어주고, 나머지 방 한 칸과 큰 마루 한 칸에서 살면서 식구는 점점 늘어났지. 미현이부터 미경이, 미정이까지 우리의 아이들은 4남매가 되었습니다.

당시 식구의 수는 늘었지만, 워낙 아이들이 당신과 내 말을 잘 듣는 착한 아이들이었던 터라 집은 좁아도 큰 문제가 없다고 생각했었소. 문제는 시도 때도 없이 찾아오는 회사 직원들과 친인척, 아는 지인들이었지. 외사촌 동생들부터 친조카들까지 몇 개월씩 심지어는 1년 이상을 집에 와 기거하게 되면서 당신이 겪었을 마음의 고통과 스트레스를 생각하면 후회스럽기만 합니다.

당시, 나는 그랬었소. 당신의 정신적인 고통, 육체적인 고통, 집을 찾아오는 불청객 아닌 불청객들로 인한 시달림보다는, 그들의 방문을 거절하지 못하는, 가족들보다는 지인이 먼저였던, 아내인 당신을 먼저 생각했어야 했는데, 자식들을 먼저 생각하고 배려했어야 했는데 그러지 못했던 그 시절의 나에 대해 지금이라도 당신에게 용서를 빌고 싶소.

1960년대. 그 시절엔 너나 할 것 없이 엉덩이를 비빌 공간만 있다면, 의지할 곳만 있다면 무조건 들이대야만 살아남을 수 있던 가난

193

하고 남루한 삶들이시 않았소? 그런 그들보다 조금은 더 여유로웠기에 차마 그들을 외면하지 못했던 오지랖이 유난스러웠던 것이라 생각하고 싶소.

일이 잘 풀려 66년 초에 네 번째 이사를 했었소. 그때 방 세 칸짜리에 제법 틀이 갖춰진 상가까지 딸린 집이라며 어린아이처럼 좋아하던 당신의 미소가 떠오르곤 합니다.

행당동 집에서 살면서 이전보다 여유로운 삶을 살 수 있었소. 그러나 아들딸들에게 아버지로서의 정을 주지 못했던 것, 회사 일에만 빠져있는 데다가 주변 사람들을 도와주는 것에만 정신이 팔려 당신과 아이들을 멀리했던 그 시절을 되돌릴 수 있다면, 당신을 위하는 남편, 가정적인 아버지의 모습을 할 수도 있을 텐데… 지금도 후회되는 시절이기도 하오.

나의 어리석음을 무슨 수로 당신에게 보상할 수 있을지 방법이 떠오르지 않아 괴롭기만 합니다. 행당동 동사무소 아래 복개된 곳에 동생 성영이가 장사할 만한 곳을 알선해주었고, 나름대로 가게 장사가 잘 되어 형제끼리 왕래하면서 살 때도 있었는데 말이오.

규필이, 미현이, 미경이, 미정이까지. 내가 고향을 잊지 못하고, 어머니의 말씀을 거역할 줄 몰라 호적을 고향에 그대로 둔 것이 화근이 되어 우리네 아이들의 출생신고가 일 년씩 늦어진 것을 생각하면, 지금도 당신에게 죄스러운 마음뿐이오. 아이들의 초등학교 입학 날짜가 가까워지면, 동사무소며 이리저리 쫓아 다니면서 고생한 당신이 느꼈을 원망을 지금은 이해하오.

우리의 다섯 번째 집을 기억하나 모르겠소. 71년도, 성동구 성수동의 대로변에 있던 상가 겸 주택 건물 말이오. 식당으로 상가를 임대해 임대 수익이나마 당시 손에 쥐여줄 수 있던 그 집.

그때는 집이 커질수록 당신의 고생이 늘어난다는 생각을 미처 하지 못했소. 경제적으로 여유롭고, 아이들도 대견하리만치 잘 자라주었기에 난 당신의 고생을 못 보았나 보오. 하루가 멀다 하고 찾아오는 손님이며 친인척, 심지어 당신의 외사촌 이종조카, 친형제 할 것 없이 집으로 찾아왔던 까닭에 접대며, 수발이며 거마비를 건네는 것까지 오롯하게 당신의 몫이란 생각을 하지 못했소. 그런데 가만 보니 당신이 힘들어하는 것이 눈에 들어오기 시작했소. 그래서 생각해낸 것이 당신 심부름 좀 도와주고, 집안일에 손을 보탤 조카를 데려오는 일이었지.

조카가 온 후론 당신도 조금은 고생이 덜어지지 않았을까 짐작만 해본다오. 그러다가 우리에게 다섯 번째 아이가 찾아왔소. 1974년에는 우리의 막내아들인 규선이가 태어나주었소. 을지로 6가의 국립메디칼 센터 병원에서 새벽 3시에 들려오던 규선이의 우렁찬 울음소리를 들으니 그제야 내가, 당신이 5남매의 부모가 되었구나 하는 실감이 나더이다.

아들 형제, 딸 삼 형제. 당신은 다섯 아이들을 너무나 잘 길러주었소. 아이들의 성장 과정에 내가 직접적으로 관여하지 않아도 될 만큼 말이오. 아니, 사실은 바깥일에만 매달리느라 돌볼 겨를이 없었

195

다는 세 맞는 말이겠지요.

아이들은 공부도 제법 잘 해주었소. 장성한 다섯 아이들을 보고 있노라면 당신에 대한 고마움과 미안함, 이토록 훌륭한 어머니인 당신에 대한 존경의 마음까지 밀려와 가슴이 뭉클해지오.

그리고 살면서, 당신에게 인색했던 말. 말 한마디로 어찌 당신의 지난 세월을 보상할 수 있겠으나 싶지만, 지금이 아니면 용기를 내지 못할 것만 같소.

사랑합니다.

사랑하고 또 사랑할 것입니다.

당신의 못난 남편 학영

팔순에 찍은 가족 사진

196

아내에게

당신이 원하는 것
한 치의 인색함도 없이
다 주고
마주하는 눈높이에서

아낌없이 주고받은
남지도 모자라지도 않는
당신의 눈높이 사랑에

당신의 가슴을 저리게 하는
단 한사람의 情人이 나라는 사실에
오늘도
나의 시간은 평화입니다.

육십여 년 전, 당신이 내게로 왔던 날을 기억하오.
박꽃을 닮아있던 새댁의 얼굴을 하고 있던 당신
그렇게 반 백 년의 세월을 돌고 돌아

당신의 얼굴엔 하나 둘 씩 세월의 그림자가 내려앉았소.
당신의 머리카락에도 고스란히 묻어있는
세월의 흔적을 볼 때마다 가슴이 아프다오.

우리 두 마음이 하나일 때
바가지 가득 행복이 담긴다는 사실을 몰랐던
그때는 동산 위에 보름달처럼
당신의 환함을 미처 보지 못했소.
미안하오.
사랑하오.

어떤 말로도 당신의 가슴 저렸던 세월을
되돌릴 수 없음이 가슴 아프오.

사랑하는 당신.
지금의 나를 있게 하느라
마음 졸이며 나를 지켜봐 주었던 당신.
이제는 내 차례가 되었다오.

우리에게 남아있는 날을 가늠할 수는 없어도
숨이 다하는 그 순간까지

당신만을 위해 살아갈 것을 약속하오.

사랑하오.
또 사랑하오.

제6장

아흔, 다시 부르는 노래

노후를 준비하며

70세가 되던 2004년 1월부터 실업자 처지로 전락하게 되었다. 그러다가 경남 하동군 금성면에 위치한 대성종합건설주식회사의 이기승 대표이사가 흔쾌히 양해를 해주어, 내가 보유하고 있는 토목기술자 수첩을 가지고 매일 출근하는 것은 아니며 일이 있을 때마다 내려가 현장을 감독하는 것이었다. 매월 몇십만 원이 채 되지 않는 금액이지만 스스로의 힘으로 용돈 벌이를 해왔고, 봉천동 상가건물 일부를 임대해 거기서 나오는 임대수익이 우리 부부의 노후대책이 된 셈이다. 지난 1997년에 매입해둔 경기도 고양시 덕양구 현천동에 있는 대지에는 창고를 지어 손해룡 사장과 같이 절반씩 지분을 갖고 작은 규모이나마 임대 사업도 하고 있다.

한 달에 손에 쥘 수 있는 돈은 사장을 할 때에 비하면 다소 적지만, 그 적은 돈이 손녀들의 용돈으로, 아내가 먹고 싶거나 갖고 싶은 것을 사는 돈으로 쓰이고 있으니 이 얼마나 고마운 일인가!

1997년부터 2001년까지 구입해둔 논과 밭이 현천동과 화전동 일대에 있으며, 밭은 손해룡 사장과 절반씩 지분을 보유해 농사를 짓고 있다. 또한, 덕양구 용두동에 있는 전답에서 채소 등 여러 가지 경작을 하면서 소일삼아 농사일에 재미를 붙이고 있다. 화전동 밭은 오랫동안 인연을 맺어왔던 전학련의 멤버인 조종익 의원과 절반씩 나누어 경작을 하고 있고, 이광철 사장과도 절반씩 나눠 벼농사를 지으며 일 년치 쌀이며 기타 곡물, 식탁 위에 올라가는 채소 등의 식량을 조달하고 있다.

내 손으로 농사를 지은 쌀과 농작물들을 자식들에게 보내주면서, 이제야 아비로서 제대로 아이들을 돌본다는 생각을 한다. 이 아비의 땀과 노력이 그대로 베인 곡식과 채소들이 고스란히 아이들과 눈에 넣어도 아프지 않을 손자, 손녀들의 입속으로 들어간다고 생각하니 과거 일에만 매달리느라 살가운 아버지가 되지 못했던 미안함이 조금은 가시는 것 같아 마음속으로나마 뿌듯함을 느끼고 있다.

그리운 고향에 대한 향수

고향인 순창을 한시도 잊어본 적이 없었다. 고향에서의 삶은 힘들고 가난했지만, 그 고생 속에서도 서로 의지하며 보듬었던 아버지와 어머니, 형제들이 살았던 애틋하고 그리운 기억이기 때문이다. 어느 정도 사회적인 성공을 거두기 시작하면서 그리운 고향을 위해 봉사하는 삶을 살고 싶다는 마음을 갖게 되었다. 그리고 경영 일선에 있었을 때부터, 대표이사 자리에서 물러나 소일하고 있는 지금까지도 향우회에서 활동하며 고향에 빚진 마음을 갚아나가기 위해 애쓰고 있다.

재경 순창군 향우회에 열심히 봉사하면서 노력하던 중 나는 설균태 회장, 김수곤 회상 능과 상의한 끝에 순창군 풍산면 출신 인사들을 모아 재경 풍산면 향우회를 조직해야겠다고 결심했다. 그리고 1994년 5월 30일, 마포 송도식당에서 제 1차 발기인 모임을 가졌다. 순창군 향우회가 제법 잘 운영되고 있었지만, 풍산면 출신들끼리 모여 화합하고 서로 인연을 맺어갈 수 있었으면 좋겠다는 그간의 바람을 현실로 만들어낸 내 인생의 역사적인 순간이기도 하다.

2차부터 5차 모임까지 거치면서 드디어 1994년 7월 10일, 영등포 소방회관에서 재경 풍산면 향우회 창립총회가 열렸다. 부끄럽지만 재경 풍산면 향우회의 설립에 누구보다 앞장섰던 나는, 그 간의 노고를 인정받아 향우회의 초대 회장으로 취임하게 되었다. 이후 1996년 5월 12일, 마포 엘지 빌딩에서 제 3차 정기총회가 열렸고, 2대 회장에 재차 당선되면서 연임 회장으로 이름을 올릴 수 있었다.

어떤 기업이나, 조직이든 연거푸 리더의 자리에 오른다는 것은 그만큼 그 사람이 주변으로부터 신임을 얻은 것이며, 제 몫을 성실하게 해냈기 때문에 다시 한 번 리더를 맡겨도 좋을 것이란 믿음을 얻었기 때문일 것이다. 연임 회장 당선은 향우회를 위해 애쓴 나를 믿어준 소중한 향우회원들의 마음이자, 믿음이라 생각하니 더할 나위 없이 행복했다. '내가 인생을 헛살지는 않았구나. 그러니 이 분들께서 내게 중책을 한 번 더 맡겨준 것이 아닌가!'란 생각에 더 열심히, 회장직을 수행해야겠다고 다짐을 했다.

재경 순창군 향우회 소속이자, 재경 풍산면 향우회의 회장으로 물심양면으로 애쓰던 중 1994년 8월에 재경 순창군 향우회 부회장에 임명되는 영광도 얻게 되었다. 이후 1997년 4월에 박만철 재경 순창군 향우회장님이 고인이 되면서 부득불 재경 순창군 향우회의 회장직을 맡게 되었다. 내가 회장직을 맡으면서 가장 먼저 한 일은 박 전 회장님의 장례를 향우회장으로 결정하는 것이었다. 그동안 재경 순창군 향우회를 위해 일했던 박 전 회장님에 대한 존경과 감사를 표하고, 향우회의 이름으로 장례를 치러 애도의 뜻을 전하고자 했다. 그리고 나는 3일장으로 박 전 회장님의 장례를 치르면서 재경 순창군 향우회에서 장지까지 고인을 운구해 묘지를 조성하고 제사를 올려드리는 일까지 앞장섰다.

고향을 위해 일해 보겠다는 뜻을 품었던 나는 향우회 활동 말고도 동문회며, 옥천향토문화사업연구소며 나를 필요로 하는 곳이라면 어디든 달려가 기꺼이 몸을 담았다. 2001년 7월 1일에는 풍산 초등학교 총동문회 상임고문이 되었고, 2004년 11월 1일 재경 순창군 향우회의 차석고문, 2005년 6월 11일에는 사단법인 옥천향토문사회연구소의 일에도 참여했다.

나는 현재까지도 재경 순창군 향우회, 재경 풍산면 향우회는 물론, 대학 시절 인연을 맺었던 전학련(전국대학생총연합회) 모임 등 과거 내가 몸담았고 활동했던 모든 조직들에 참여하면서 미약한 힘이나마 보태어 협조하고 있다.

2015년 재경 풍산면 향우회 <자랑스런 풍산인상>수상

2018년 재경 순창군 향우회 <자랑 스런향우대상> 수상

서운관정공파 후손으로서의 바람

2000년 11월부터 2012년 말까지 안동 김씨 서운관정공파 소종중 회에서 전북 순창 대표로 이사직을 수행했다. 이사회 소종중회에 몸담고 있으면서 소종중회의 정관 및 회칙에 문제점이 있음을 인식 하게 되었다. 소종중회의 종원이자, 후손으로서 서운관정공파의 발

전을 이끌어야 한다는 책임감과 의무감으로 지나칠 정도로 왜곡된 부분들에 대해 지속적으로 시정할 것을 건의했다. 종원들 간의 단합과 화합을 도모하기 위해 모순된 규약 일부를 수정하고, 큰 집이나 작은 집을 구별하지 말고 동등한 종원으로 대우받을 수 있도록 끊임없이 주장하였지만 받아들여지지 않았다.

소종중회의 1세 시조는 綬(수), 2세 蛭(질), 3세 自行(자행)에 이어 4세가 佰演(백연), 仲演(중연), 叔演(숙연), 季演(계연) 네 형제분들이 계시다. 4세 네 형제분들 중 두 분이 작고하시고, 생존해 계시던 두 분 중 季演(계연)의 子인 漢傑(한걸) 5세, 曙(서) 6세의 아들 弘文(홍문) 7세께서 전남 영광 원님(현군수)으로 부임하기 위해 내려가셨다. 弘文(홍문) 7세께서 전남 영광으로 가실때 종중의 재산은 모두 叔演(숙연)의 장자 앞으로 되어 있었다고 한다. 季演(계연)은 차남이라는 이유만으로 재산을 물려받지 못한 것이다. 소종중회의 선산은 현재 성남중고등학교가 있는 부지 및 동작구 대방동 일대 임야에 약 30만 평 이상 선산이 있었고, 순창 직계인 4세손 季演(계연) 할아버지께서도 대방동 선산에 계셨다.

이후 1938년도에 일본인의 토지수용정책에 따라 선산을 수용당하면서 받게 된 보상금으로 현재 경기도 의왕시 포일동 414-2번지 744평과 포일리 784-2번지 379평 등 일대의 위토답을 구입하고, 선산 약 12만여 평을 마련해, 소종중회 1세조 수 할아버지 설단을 비롯해 역대 할아버지 및 계연 할아버지의 묘를 천묘하게 되었다. 그

207

리고 논신 종친, 안성 종친들에게 보상받은 자금의 약 30% 이상을 지불하여 경기도 부천 선산 3만여 평을 구입하고, 일부 잔금은 종원들께서 보관했다고 하며, 약 70% 이상의 자금은 의왕시 포일동 및 경기도 광주 지월리에 선산 일부를 구입하고 남은 자금은 서울 및 경기도 일원에 살고 계시는 종원 분들이 현금으로 분배해 갔다고 한다. 그러나 선산을 마련하는 데 있어 季演(계연) 할아버지의 후손들이 많은 기여를 한 것으로 여겨지고 있음에도 불구하고, 차남의 자손이라는 이유만으로 차등을 두고 이사 자격도 비출연이라는 명목 하에 모든 권한이 차단되고, 필요한 일체의 비용도 지급되지 않고 있었다.

서운관정공파 소종중회 재산은 위토답 수만 평과 선산 수십만 평이 있고, 보유한 현금 자산만 하더라도 약 수백억 원에 달하며 매월 월세 수익이 발생하는 상가 건물 2채 등 서운관정공파 소종중회 재산이 이토록 많음에도 불구하고 季演(계연) 손의 선산은 일체 돌보기를 거부했던 것이다. 이러한 문제를 해결하기 위해 백방으로 뛰어다니며 마땅한 대우를 요구했지만 소종중회의 입장은 달라지지 않았다. 소종중회의 이와 같은 처사에 화를 억누를 길이 없었던 나는 2013년도부터 소종중회에 나가지 않는 것은 물론, 이사직도 사임해 버렸다.

현대에 와서는 남녀의 구분 없이 상속권한을 나눠가지고, 제사도 지낼 수 있다. 庶子(서자)라 하더라도 차별 없이 동등한 대우를 받을 수 있도록 법적 토대도 마련되어 있다. 이처럼 庶子(서자)도 법적으로 권한과 의무를 갖게 되었는데, 하물며 嫡子(적자)이신 季演(계연)의 후손들이 말도 안 되는 차별 대우를 받는다는 것은 도저히 용납할 수가 없다. 왜 유달리 우리 소종중회만 과거 몇 백 년 전의 풍습을 고수하며 그대로 적용시키려 하고 있는지… 반드시 바로잡을 필요가 있다는 것이 나의 생각이다.

2005년 7월 21일 대법원이 전원합의체 판결한 내용을 보면 <종중이란 공동선조의 분묘수호와 제사 및 종원 상호 간의 친목 등을 목적으로 하여 구성되는 자연 발생적인 종족집단이므로, 종중의 이러한 목적과 본질에 비추어 볼 때 공동선조의 성과 본을 같이 하는 후손은 성별의 구별 없이 성년이 되면 당연히 그 구성원이 된다고 보는 것이 조리에 합당하다>고 나와 있다. 또한, 민법 73조에서는 각 사원의 결의권은 평등으로 한다고 명시되어 있다. 법률용어로 宗中(종중)을 '공동선조의 분묘의 보존, 제사의 이행, 종원(족인)간의 친선, 구조 및 복리증진을 도모하는 권리와 능력 없는 사단인 가족단체'로 설명하고 있는데 차별 없이 평등하게 주어져야 할 각 종원의 권리 대신, 우리 소종중회가 계연의 후손들에게 가하는 차별은 분명히 잘못된 오류인 것이다. 나는 서운관정공파 소종중회 金在俊(김재준) 이사장님 및 이사님들께서 하루 속히 이러한 불합리한 처사를 바로잡아주시길 간절히 바라고 있다. 계연 손의 후손들에게 벌어지고 있는 부당한 차별과 묵살을 바로잡는다면, 우리 소종중회는 한층 화힙된 분위기로 힘을 모을 수 있을 것이라 믿는다.

2008년 11월 21일 조선일보를 보면 嫡長子(적장자)가 제사 주재자가 되어야 한다는 관습에 따라 각종 宗中(종중) 관련 재판을 진행해 왔던 대법원이 기존 판례를 변경해, 상속인들 간의 협의를 우선시하고 嫡庶(적서) 차별을 없앴으며 여성도 제사 주재자가 될 수 있음을 명시한 판례가 나온다. 2009년 10월 16일 조선일보 만물상에는 수원지법이 기존의 종중 재산이 여성 회원에게 차등 지급되어 온 것을 용인했던 기존 판례를 뒤집은 판결을 했다고 나오기도 했다. 만물상 칼럼에는 종중 재산은 남녀의 구분 없이 균등하게 분배되어야 한다고 명시되어 있는 것이다. 이처럼 각 종중들이 형제간의 차등을 두지 않으려는 움직임을 보이고 있음에도 불구하고, 우리 서운관정공파 소종중회는 유독 340여 년 전의 유교사상 논법에만 기대어 순창으로 내려가신 季演(계연) 손의 후손들만 차등을 두고 있는 것인지 통탄함을 금할 길이 없다.

또한, 대법원이 2010년 9월에 종중재산의 분배에 관해 제시한 판단 기준은 종중재산은 자율적으로 분배할 수 있지만, 분배에 관한 결의 내용이 불공정하거나 선량한 풍속, 기타 사회질서에 반하는 경우 또는 종원의 고유하고 기본적인 권리의 본질적인 내용을 침해하는 경우 그 결의는 무효로 한다고 되어 있다. 또한, 종중재산 분배에 관한 종중총회의 결의 내용이 불공정한 것인지 아닌지의 여부를 판단할 때는 종중재산의 조성 경위, 종중재산의 유지, 관리에 대한 기여도, 종중행사 참여도를 포함한 종중에 대한 기여도, 종중재산의 분배 경위, 전체 종원의 수와 구성, 분배 비율과 그 차등의 정도, 과거의 재산분배 선례 등 제반 사정을 고려할 것을 당부하고 있다. 단순히 남녀 성별에 구분해 종중재산의 분배에 차이를 두는 것은 남녀평등의 원칙 등에 비추어 허용되지 않는다고 명기해 놓았다.

종중과 관련한 대법원 판례들을 찾아보면서 내가 확신한 것은 현재 서운관정공파 소종중회가 보유한 종중재산을 조성하는데 季演(계연) 손의 기여도가 적지 않음에도 불구하고 적합한 대우와 권리를 부여하지 않는 것은 우리 민법상에서도 허용하고 있지 않다는 점이다.

나는 季演(계연) 손의 후손으로서, 이와 같은 소종중회의 잘못된 문제점들을 바로잡기 노력해왔지만, 번번이 소종중회 숙연(4세조) 할아버지 후손들인 이사장, 이사진들의 반대와 묵살로 季演(계연) 후손들에 대한 불합리한 대우와 그에 따른 억울함과 분노를 풀지 못했다. 출연 이사들은 모두 숙연 할아버지의 후손들이었고, 나머지 이사 두 명은 계연 할아버지 후손이 한 사람, 숙연 할아버지 계열 중 논산 및 안성 지역에 살고 계신 후손 한 사람이었다. 그러나 숙연 할아버지의 직계 후손들 외에는 제대로 된 종원으로서 대우를 받지 못하고 있었다. 당연히 내가 발의한 내용들은 출연 이사진들에 의해 반대에 부딪혔고, 소종중회가 함께 발전할 수 있는 길을 찾으려 애를 썼던 나의 노력은 번번이 외면을 당했다. 지금 계연의 후손들이 당하고 있는 이 억울함과 부당함은 반드시 해결해야 할 소종중회의 당면과제일 것이다. 나는 언젠가 나의 후손들이, 그 후대의 후손들이 계속 나와 같은 생각으로 종중의 화합을 위해 노력해 줄 것이라 믿는다.

6.25 참전 후 현재에 이르기까지

1950년 10월 6.25 참전은 순창중학교 1학년 2학기 때 학교 등교 시간에 육군 11사단에서 경찰들과 합동으로 학생들 동원령이 시작되어 선배 임양호 및 같은 학년 신재수, 김명수, 본인 등 수십 명이 차출되었다. 순창군 구림면 회문산에 인민군 및 빨치산 1개 여단 병력이 주둔하고 있으면서 시민을 붙잡아 가고 야간에 민가에 들어와 옷, 식량, 가축 등 닥치는 대로 약탈해가고 민가에 불을 질러 교란 작전 등 생활을 할 수 없었다. 이런 전투 상황에서 인원이 부족하여 학생들을 동원하여 실탄 운반, 식료품 운반, 야간에 합동 근무, 경찰서 보초 등의 역할을 하게 되었다.

1953년 7월 17일 미, 소간 정전 협의 후 9월 28일 정전 협정 문서에 서명함으로써 휴전이 되었다.

1960년 4월 19일 민주 혁명 후, 1960년 4월 26일 오후 2시 이승만 대통령이 하야 성명을 하고 난 뒤 새로 대통령, 국무총리를 선출하게 되어 윤보선 대통령, 장면 국무총리가 당선되어 어수선한 나라

212

를 수습하고 있을 무렵 박정희 소장이 주동이 되어 김종필, 장세동, 노태우, 전두환 등 육군에서 반란을 일으켜 계엄령을 선포하고 군대가 완전히 입법부, 사법부 등 전체를 장악하여 통치하였다.

혁명 자체는 잘못되었고 역적이라고 볼 수 있었으나 낙후된 대한민국을 산업화하여 국민들 생활수준이 높아졌고 국제적으로 위상이 높아졌다.

국가가 안정됨으로 인해 6.25 참전 용사들의 희생으로 인해 재건된 것을 보상하기 위해 보상금을 매월 지급할 수 있도록 포상 제도를 실시하기로 국무회의에서 결의하여 입법부에서 통과되어 2000년도부터 시행하였다.

본인은 그런 내용을 모르고 있었는데 2004년 말경 고향인 순창군에서 연락을 받고 김명수 순창신문사 대표이사께 연락을 하여 확인하였다. 2005년 1월에 서류를 준비하여 수속을 하였고 2005년 2월에 6.25 참전한 것이 사실이라는 것을 국방부에서 확인하고 참전 용사증을 노무현 대통령께서 발급 통보해 주었다. 서울시 서초구 방배동 946-11호 집이 재건축 때문에 주소를 이전해야 함으로 둘째딸 집으로 (경기도 고양시 일산동구 식사동 자이 아파트 212-2501호)로 이주하였다. 고양시 6.25 참전 용사회 사무실을 찾아가 인사를 드리고 용사회에 가입한 후 매년 행사 때마다 참석하고 특히 6.25 행사 때는 정복을 입고 먼저 가신 전우들에게 참배를 했다.

6.25 참전용사가 고양시 지회 관내 약 2,800명이 생존 했으나

2023년 1월 현재 모든 분들이 작고하시고 살아 계신 분은 약 700명 정도 계시며 실제 행사에 참여하고 활동하고 계신 분들은 약 100여 명 미만이다.

2022년 1월 25일 대한민국 6.25 참전용사회 경기도 고양시 지회 감사로 선임되어 열심히 참전 용사들의 처우 개선에 앞장서서 정부 및 고양시에 건의하고 노력하여 국가에서 매월 370,000원 받는 포상비를 매월 400,000원으로 인상되도록 노력하였고 지방자치단체에서 70,000원 지급받는 것을 매월 100,000원 받을 수 있도록 (2023년 11월부터) 고양시장과 어느 정도 협의를 보았다.

6.25 참전 유공자회 고양시 지회 감사 임명장

국가에 건의하고자 하는 내용은 국가를 위해 목숨을 걸고 6.25 참전하였으므로 처우개선을 현역 장병이 지급받은 수준을 받을 수 있도록 꾸준히 노력할 것이며 국가에서도 6.25 참전 용사들의 연령이 전체 90세 이상이 되어 수명이 얼마 남지 않았다는 것을 명심하셔서 현역 병장급 급여가 지급될 수 있도록 해주시길 기대한다. 그런 수준으로 지급받을 수 있도록 입법화 해주시기를 다시 한번 청원한다.

건국대학교 4.19회에 참여하면서

1960년도 1월에 제대를 하고 건국대학교(옛 정치대학) 3학년 법학과에 복학 신청을 하고 3월 등교 시부터 열심히 부족한 학과에 매진하고 있었다.

총학생회 의회 규정에 따르면 1958년 11월 29일에 만들어졌는데, 총학생회 설치상 학도호국단 단장은 당연직으로 유석창 총장님이시며 주간(1부)은 집행기구로 총학생 위원회의 총위원장이 되고 야간(2부)은 견제기능으로 총학생 의회 설치로 총의회 의장으로 활동하도록 되어 있다는 것을 파악하였다. 3학년 법학과 (2부 대학) 대의원으로 출마 활동하면서 친분을 돈독히 하기 위해 이재경, 김득수, 최민석, 김종식, 이근태, 최은자, 최현자, 현안순, 유종기 등을 자주 만나서 대화했다.

1960년 2월 28일 자유당 장기집권을 위한 음모를 규탄하는 2월 28일 대구 학생들이 들고 일어나 데모를 하였다.

1960년 3월 8일 이승만 정부의 독재, 부정부패, 인권유린 등에 대항하며 대전에서 3월 8일 민주의거가 일어났다.

1960년 3월 15일 정부통령 부정선거 실시에 대한 마산시민과 학생들의 시위가 일어났다.

1960년 3월 17일 성남고등학교 학생들이 정, 부통령 부정선거 타도하자고 수 십 명이 플래카드를 들고 영등포 시장을 경유 시내로 들어오고 있었다.

1960년 4월 11일 김주열 학생의 시신이 발견됨으로 인해 마산지역에 2차 시위가 발생하였다.

1960년 4월 18일 고려대생들이 구속학생 석방과 학원의 자유와 정, 부통령 부정선거 타도하자고 시내로 수백 명이 데모를 하였다.

1960년 4월 18일 건국대학교에서는 4월 17일 전국 대학교 학생회에서 4월 19일 궐기대회를 하자고 결의된 것을 가지고 5시경 회의를 소집하여 정복환 의장이 주최가 되어 진행하고 있는 도중에 유승면(행정 4)이 들어와 고려대생이 데모를 일으켜 서대문으로 가고 있다는 것을 알려주었다. 그런 사실을 안 후 우리 건대생들은 4월 19일 9시에 낙원동 학교로 집결 서울 시청 및 국회의사당을 경유, 내무부 앞에 2차 집결지로 정하고 모든 준비를 밤에 (플래카드 등) 준비를 끝내고 밤늦게 집으로 돌아왔다.

1960년 4월 19일 8시 40분 각 학과에 들려 빨리 나가자고 독려하고 오전 10시 수백 명이 집결, 백운호, 이복상, 이영철 등과 선두 그룹에 서서 출발하였다. 시위 구호문을 외치면서 플래카드를 앞세우고 종로 입구를 경유 광화문을 지나 국회의사당 앞에 도착했다. 백운호 학생이 마이크 대신 두꺼운 종이를 말아서 목이 터지도록 외치며 작성된 구호문을 시민들에게 배포하고 시위 규탄 구호를 외치면서 약 400명 이상 되는 시위대를 선두에 서서 이끌었다.

재집결지인 내무부 앞에서 내무부장관 나와라 하고 외치면서 데모하는데 경찰 경비대와 대치하다가 서대문 이기붕 집에 가서 데모를 하고 경기여고 앞을 지나 광화문을 경유, 경무대 앞에서 경찰들과 대치하며 구호를 외치고 있을 때 총탄이 날아와 부상자가 속출하고 사망자가 발생했다. 데모하는 학생들을 응원하면서 시민들도 합세가 되어 전국적으로 확대됨으로 인해 시국이 어수선하였고 많은 희생자가 발생하였다.

계엄령이 선포되어 12시 넘어서는 이동할 수도 없었고 치안유지를 위해 각 대학교에 배정이 되어 건국 대학교는 성북 경찰서로 배정이 되었다. 약 100여명이 성북 경찰서로 가서 각자 맡은 바 책임을 완수토록 배정이 되었는데 나는 돈암 파출소로 배정이 되어 민원 사항을 도와주고 교통정리를 했다.

1960년 4월 25일 전국대학교 교수단이 시국 선언문을 발표하고 시위를 하였다.

1960년 4월 26일 오후 2시 이승만 대통령께서 하야 성명을 발표하였다.

나는 4.19에 참여하여 활동하였으나 시국이 안정이 되고 대학교 졸업한 후부터는 가정 형편 때문에 잊고 있다가 모교에 4.19 탑이 없다는 것을 알고 2016년 모교 교정에 4.19탑 건립을 위해 노력하고자 정복환 회장이 주축이 되어 모임을 가졌고 나도 합세하여 노력하고 있었다. 2020년 2월에 모교에 가서 건립 부지를 요구하여 이현출 대외협력처장과 상의하여 옛 정문 앞 경영관 앞 부지 약 100여 평을 사용하기로 합의했다.

건립 부지가 결정됨으로 인해 기념탑 제작 및 시공사 선정과 자금 조달들을 논의하였고 정복환 회장, 맹원재 옛 건대 총장님, 본인, 전태춘, 김장동, 백남은 회장, 김현철, 박희태, 최의승 등과 홍성찬 전 대학장 등이 주동이 되어 설계는 안영준 교수가 맡았고 나는 도면에 의한 견적을 하여 약 350,000,000 원 정도 소요된다고 제출하였다.

시일이 연장되고 건립자금이 문제가 되어 모교 출신 재력가들로부터 협조를 받기로 하고 추진 중에 맹원재 총장님께서 잘 아시는 재력가 동문을 소개해서 전액 부담할 수 있다는 의사를 밝혀왔다고 하여 안도감을 가지고 계속 추진하였다. 결국 도면이 변경되고 전액 부담한다고 하는 동문이 기념탑 제작 의뢰했다는 이야기를 해주었다.

제작은 충남 보령군이라고 밝혀 주셔서 2023년 3월 9일에 8명이 제작장에 가서 직접 확인키로 하고 학교 관재부 실장과 시설과 직원(건축직)과 정복환 회장, 본인, 백남은 회장, 김현철 회장 등이 가보았다.

현지에 도착하여 확인한 결과 탑이 거의 완성되었고 부속된 석재를 다듬고 있었고 기초석 등 준비가 되어 있었다. 글씨 쓰는 문제 등 일부 부족한 것은 2023년 4월 초 바로 완성하여 2023년 4월 13일 준공식에 지장이 없도록 하겠다는 확답을 받고 올라왔다.

2023년 3월 10일 자금 부담할 동문께 연락드리고 부지 정리 등 여러 가지를 문의하고 공사 착공은 3월 17일 하겠다고 하였다. 그렇다면 공사 시작할 때 연락주시면 나가보겠다고 약속하였다.

2023년 3월 21일 4.19탑 건립 부지 조성 및 바닥 콘크리트 타설을 하겠다고 하여 새벽에 나가서 감독을 하였다.

2023년 3월 28일 4.19 탑을 건립하여 하루 종일 감독하고 마무리 될 때까지 작업자들과 같이 있었다.

2023년 3월 31일 나머지 작업하는데 같이 있었다.

2023년 4월 6일 4.19탑 부지 내 잔디를 깔고 마무리 작업을 12시 경 끝내고 인부 3인이 간 뒤 나도 돌아왔다. (이슬비가 약간 왔음.)

2023년 4월 10일 서대문에 있는 4.19회 본사에 찾아가 박훈 회장께 인사드리고 부회장 김진태, 사무총장 및 직원 전대열 회장 등과 점심 같이 하고, 4월 13일 준공식에 참석하여 축사를 해달라고 부탁

건국대학교 민주혁명 4.19회 이사 상패   건국대학교 4.19 기념탑 건립 공로패

2019년 건국대학교 공로상 수상   2022년 건국대학교 공로상 수상

드리고 왔다.

2023년 4월 13일 오전 11시경 많은 시련을 겪었지만 공사 완료 후 준공식을 거행했다.

2023년 4월 19일 4.19 기념식을 탑을 건립하고 처음으로 기념탑 앞에서 기념식을 마치고 앞으로는 4.19 혁명 등에 대한 책을 발간하기 위해 노력하여 2023년 내에 책을 발간하기로 하였다.

4.19때 활동한 내용에 관한 업적을 기록하여 4.19회 임원으로 활동한 임원들에게 포상신청을 하라고 하였다. 2022년 12월 20일에, 1960년 4월 19일 실제 4.19때 활동하고도 나라를 위해 몸을 바치겠다고 한 학생 중 포상신청을 하지 않은 이복상, 정복환, 본인, 맹원재, 전태춘, 이심, 유승면 7명이 2022년 12월 20일 포상 신청을 하였으나 선정이 되지 않아 재차 신청을 하기 위해 준비하고 있다.

2023년 7월 31일 건국대학교 총장께서 4.19 활성화와 기념탑 건립에 공헌한 공적(4.19탑 건립과정에 대한 총 공사감독)에 대한 공로패를 주었다.

4.19 기념을 기리기 위해 생을 마감할 때까지 4.19 혁명 책 발간에만 매진할 생각이다.

김학영의 喜怒哀樂

　이렇게 지난날들을 되돌아보고 있노라니 내 삶은 一悲一喜 했던 삶이었고, 인간이 일평생 느끼는 喜怒哀樂이 연속적으로 점철된 삶이었다는 생각이 든다. 시련이 있으면, 그 뒤엔 그 시련에 보상이라도 주려는 듯 기회가 찾아왔다. 그리고 보상이 주어지면, 또다시 시련이 찾아오길 반복하면서 나는 점점 더 정신적으로 강해질 수 있었다. 한 번의 실패를 경험 삼아 같은 실수를 되풀이하지 않도록 신경을 곤두세웠기 때문에 일에 있어서만큼은 철두철미할 수 있었다.

　과거, 건설업에 처음 뛰어들 때만 하더라도 나는 세상물정도 잘 몰랐고 그저 내가 열심히 일하면 일한 만큼의 대가가 보장될 것이라는 순수한 마음을 가지고 있었다. 그러나 믿었던 사람들의 배신과 나와의 약속을 헌신짝처럼 버리는 사람들로 인해 점점 내 자신을 강하게 만들어야 할 필요를 느꼈다. 그러나 내가 흘린 땀과 노력의 대가를 악착같이 지켜내지 못하고, 일평생 남을 돕고 바르게만 살아온 습관 때문에 경제적인 성공은 이루지 못했다는 아쉬움은 남는다.

　나는 삶의 기쁨을 일을 통해 누렸다. 작은 회사의 이름을 널리 알려내며 큰 규모로 키우면서 비로소 존재 가치를 확인할 수 있었다. 하나씩 수주를 따낼 때마다 '다 자네 공'이라는 주변의 신망을 얻는 것이 즐거웠고, 많지는 않더라도 조금씩 재산을 늘려가며 가족들이 안정된 생활을 할 수 있도록 기반을 마련해 나가는 속에서 비로소 내 자신이 다소나마 성공한 삶을 살아왔구나 하는 자부심도 느낄 수 있었다. 비록 크게 물질적인 부를 축적한 것은 아니지만 내가 일궈놓은 재산으로 다른 이들에게 의지하지 않는 여생을 보낼 수 있음에 감사하고 있다.

일에 미쳐 살면서 일 때문에 새로운 취미도 갖게 되었다. 사업상 접대를 하거나, 접대를 받아야 하는 경우가 종종 있었는데, 그때마다 골프를 쳐야 했다. 일하느라 운동할 짬을 내지 못했던 나는 필요에 의해 골프를 배우기 시작했고, 지금은 선수만큼은 아니지만 나름 골프를 수준 있게 즐길 정도까지 되었다.

내 지난날들을 되돌아보는 글을 쓰는 와중에 큰아들 녀석이 내게 "아버지께서는 언제가 가장 즐거우셨고, 기쁘셨느냐?"고 물어왔다. 아들의 질문에 지난 시간들이 주마등처럼 스쳐 갔다.

가장 즐거웠던 순간을 떠올리니 수주를 따냈을 때의 환호성과 기쁨이 먼저 떠오르는 걸 보니, 나는 어쩔 수 없는 일 중독인가 싶다. 나는 수주를 확정 지은 날이면 직원들을 불러 모아 회식 자리를 가지곤 했다. 말단 사원들부터 간부급의 직원들까지 모두 모인 회식 자리는 밤늦게까지 계속되는 경우가 많았다. 저녁 식사를 시작으로, 2차, 3차, 4차까지 가면서 나는 거나하게 취하곤 했다. 사업이 잘되고 있다는 안도감과 수주 성공에 따른 많은 수익을 직원들과 나눌 수 있다는 기쁨, 내가 하고 있는 일을 외부로부터 인정받고 있다는 자부심은 그 시절, 내 삶의 원동력이나 다름없었다. 기분 좋게 취해 버린 내게 한 여직원이 이런 이야기를 한 적이 있다.

"사장님을 보고 있으면, 너무나 존경스럽습니다."

"왜 그런가?"

그 이유를 궁금해하는 내게 여직원이 대답하기를, 지독한 가난에도 불구하고 이만큼의 성공을 이루셨고, 앞으로 나가는 걸 두려워하는 법 없이 마치 한 마리 표범처럼 전력 질주하고 계시니 그 삶을 배우고 싶다는 것이었다. 나는 기분이 더 좋아졌다. 이렇게 인간 김학영의 삶을 존경하고, 배우고 싶다고까지 하니 사회적으로 성공한 삶 아니겠는가? 하는 생각에 고마운 마음까지 들었다.

아들의 또 다른 질문인 가장 기뻤던 순간을 떠올리니 다섯 아이들의 얼굴이 가장 먼저 생각이 난다. 부모가 되어야 진정한 어른이 된다고 했던가? 첫아이 규필이가 태어났을 땐, 처음 부모가 되었다는 생각에 그 작은 손과 발을 어루만지며 '무탈하게 자라다오. 이 아비는 돈 때문에 하고 싶은 일을 하면서 살 수는 없었지만, 너만은 네가 원하는 삶을 살게 해주마.'하고 약속을 했다. 그 약속을 지키기 위해서라도 성공하지 않으면 안 되었다.

큰딸 미현이가 태어났을 때는 나의 첫 장녀라는 생각에 더 많은 것을 해주고 싶었다. 떼 한번 부리는 법 없이 부모의 말이라면 순종하며, 제 엄마의 일을 나서서 돕곤 하던 어여쁜 딸.

둘째 딸 미경이가 세상에 처음 나왔을 때는 규필이와 미현이에게 동생을 만들어주었다는 생각에 뿌듯했고, 셋째 딸 미정이가 태어났을 때는 눈에 넣어도 아프지 않을 막내딸의 재롱을 볼 생각에 한없이 기뻤다. 예기치 않게 찾아온 막내아들 규선이를 어렵게 낳고 보니 아들이라는 든든한 울타리가 하나 더 생겼다는 생각에 함박웃음을 지었던 기억이 떠오른다.

　요즘 사회적인 이슈가 되고 있는 '家長들의 애환'에 대한 이야기를 들을 때마다 아내와 아이들에게 더 없이 감사함을 느낀다. 가족들에게 돈을 벌어다주는 기계로 취급받는 가장, 퇴근해서 집에 돌아가 보면 누구 한 사람 나와서 살뜰하게 맞아주지 않는 외로운 가장, 사회생활을 하면서 받은 스트레스를 풀 방도가 없는 고된 가장. 적어도 나는 아이들에게만큼은 아버지로서 깍듯한 존경과 사랑을 받았다고 생각한다. 그리고 아내 역시 나를 남편으로 존중해주었고, 일 때문에 바빠 자신의 생일조차 그냥 넘겨버리곤 했던 무심한 남편이었지만 항상 같은 모습으로 나를 챙겨주기에 여념이 없었다.

　나는 어찌 보면 회사에서는 100점짜리 사장이었지만, 집에서는 빵점짜리 가장이었는지도 모른다. 지난 시간 동안 가장 아쉽고, 통탄스러운 부분 역시 가정에 소홀했다는 것이다. 같이 어디를 놀러 가 본 적이 손에 꼽힐 정도고, 아이늘에게 책 힌권 읽어준 저도 없으며, 사소한 말이라 하더라도 길게 대화를 가져본 적도 거의 없이 바깥 사회생활에만 충실했던 나였다. 그럼에도 불구하고, 내가 퇴근을 해 집에 돌아가면 다섯 아이가 나란히 서서 잘 다녀오셨느냐며 살갑게 맞아주었고 공부를 열심히 해 줄곧 학교에서 우등상을 받아오며 나를 기쁘게 만들어주었다. 아이들이 이렇게 나를 아버지로서 존경하고 사랑해주었던 것은 모두 다 아내 덕분이라 생각한다. 일에 미쳐, 일만 하던 나를 대신해 아버지의 몫까지 아이들을 보살펴주고 사랑해주었기 때문이니 말이다.

대신 가족을 위해 한 일이라곤 아내와 자식들이 풍족한 삶을 살 수 있게끔 돈을 가져다주는 것이 고작이라는 아쉬움과 미안함이 남는다. 내가 느끼는 지난 세월에 대한 슬픔과 회한은 그동안 일에만 매달리느라, 사회생활에 충실 하느라 가족과 함께하는 시간을 제대로 갖지 못한데서 오는 못난 남편, 못난 아버지라는 자괴감 때문이다.

아흔에 적는 김학영의 버킷리스트

아흔을 목전에 둔 지금, 나는 처음 서울로 상경했을 때처럼 설레고 있다. 후대에 이름을 남길 정도로 크게 성공을 거둔 것은 아니었지만 나름대로 열심히 사회활동을 하며 살았던 건설인 김학영 대신, 다섯 아이의 아버지이자 아내 정재엽의 남편으로 성공하겠다는 새로운 인생 목표가 생겼기 때문이다. 나는 죽기 전까지 아내와 아이들과 함께 만들어갈 '아버지 김학영'으로 살고 싶다.

'아버지 김학영', '남편 김학영'으로 제2의 인생을 살기 위해 나는 작은 버킷리스트를 적어보려 한다. 남들처럼 거창하게 100가지를 다 적지는 못하겠지만 작고 소소한 추억 하나 남기지 못하고 세상을 떠나가게 되면 천추의 한이 될 것만 같다. 지금 당장의 버킷리스트는 크게 두 가지이다.

가장 먼저 적어보는 버킷리스트 첫 번째는 '가족과의 여행'이다.

먼저 아내와 단둘이 여행을 떠날 것이다. 나는 신혼여행을 제대로 떠나지 못한데서 오는 아내에 대한 미안함을 조금이나마 씻어내고 싶다는 생각을 가지고 있다. 결혼 후 신혼여행을 가지 못한 것이 내내 아내에 대한 미안함으로 남아있기 때문이다. 지금에야 사정이 좋아져서 때때로 자식들과 함께 가족여행을 떠나곤 하지만, 어디 신혼여행이 주는 특별한 의미만 하겠는가?

결혼 50주년을 맞아 금혼식 기념으로 여행이라도 다녀올 요량이었지만, 아내의 몸이 좋지 않아 그러지도 못했다. 병환에 시달리고 있는 아내의 몸이 좀 나아지면, 신혼여행을 대신해 아내의 손을 잡고 풍경이 좋은 곳으로 단둘이 여행을 다녀오고 싶은 마음이다. 그리고 아이들과 함께 온 가족이 모여 여행을 다녀오고 싶다. 규선이가 이민 가서 살고 있는 캐나다도 좋고, 우리 부부의 다섯 남매와 손자, 손녀들까지 모두 함께 떠날 수 있는 곳이라면 어디든 상관없다.

두 번째 버킷리스트는 '아내와의 시간'이다.

아내와 가능한 많은 시간을 보내면서 아내의 몸을 건강하게 회복시키고 싶다. 엄마의 주치의를 자처하며 규필이 내외가 살뜰하게 제 어미의 건강을 살피고 있지만, 아내가 가장 많은 시간을 함께 보내는 사람이 나이기에 아내의 건강을 되찾는 데 전념할 것이다. 몰라볼 정도로 쇠약해진 아내에게 내가 해줄 수 있는 것이라곤 몸에 좋은 약을 지어주고, 기력 회복에 도움이 되는 유기농 먹거리를 만들어 먹여주는 것이 고작일지 모른다. 그러나 오랫동안 잡아주지 못했던 아내의 손을 잡고, 아내가 웃을 수 있도록 애써볼 것이다. 같이 연극이나 마당놀이 공연도 보러 다니고, 아내가 좋아하는 가수의 콘서트에도 같이 가고, 영화관에도 가보면서 '연인'으로 데이트를 즐겨보고 싶다. 그 순간만큼은 이렇게 나이를 먹어 주름살이 깊게 패인 노년의 김학영과 정재엽이 아니라 소년 김학영과 소녀 정재엽으로 두근거리는 가슴으로 마주할 수 있지 않을까? 아내가 가고 싶은 곳, 아내가 먹고 싶어 하는 음식, 아내가 보고 싶어 하는 영화, 아내가 갖고 싶어 하는 물건, 지금까지의 내가 철저하게 '사장 김학영'으로 하고 싶은 일만 해왔다면, 앞으로의 나는 철저하게 '남편 김학영'으로 아내 정재엽이 하자고 하는 일만 하면서 살고 싶다.

아버지이자 남편으로서 나의 버킷리스트는 지금부터 시작이다. 벌써 두 가지나 적었으니, 부지런히 리스트를 만들고 실천하다 보면 지난날의 후회와 아쉬움이 조금씩 희미해질 것이라 믿는다.

젊은 시절의 나는 어리석었다. 눈앞에 보이는 이익을 쫓아다니기에 급급했고, 당장 손에 쥐어지는 돈이 없으면 불안해했다. 그러다 보니 일의 유혹에 약해질 수밖에 없었고, 일에만 매달리느라 정작 가족이 주는 소중한 가치를 잊고 살았다.

아흔이 다 되어가는 이제 와 돌아보니 내가 얼마나 바보 같았는지… 누군가는 나에게 그 정도면 잘 살아낸 삶이라고, 성공한 삶이라고 말을 할지도 모르겠다. 스스로 자신의 자리를 만들어가는 자식들이 있고, 인간 김학영이야말로 멋진 삶을 사는 사내라고 칭송하는 이들도 있으니 말이다. 지금 내가 어느 정도의 자리를 차지하고, 남들의 이목으로부터 자유롭다고 생각하는 까닭도 여기에 있을지 모른다.

나는 가난한 집에서 태어났다. 그저 장남이 최고라며, 형님만 위하셨던 부모님의 그늘에 가려져 스스로 기회를 만들어가야만 하는 차남이기도 했다. 일본 식민지 시대를 살아냈고, 우리 역사에 가장 비극적인 전쟁인 6.25 전쟁을 겪었다. 그리고 4.19 혁명, 12.12사태 등 크고 굵직한 역사적 흐름을 살아내면서 내 모습은 남들이 흔히 말하는 자수성가형 인물에 가까워졌다. 그러나 온통 '성공'에 대한 열정만 있었지, 제 품 안의 가족들에게 신경 쓸 여력을 남겨두지 않았던 젊은 시절의 내가 아내의 뒷받침이 없었다면, 지금쯤 이렇게 장성한

다섯 남매의 모습을 자랑스레 지켜보며 함께 늙어갈 수 있었을까?

고된 시간들을 살다 보니 어느덧 나이가 구순이다.

과거 일들을 선명하게 기억하지는 못하지만 개략적이나마 이렇게 밝힐 수 있게 되어 다소나마 위로가 되고 있다. 그러나 지금 이 순간에 이르기까지 몸 고생, 마음 고생을 이루 말하지 못할 정도로 한 아내를 생각하면 죄책감부터 밀려온다. 아내를 외면했던 일, 처자식들이 먼저가 아니라 사업상의 관계에 있는 이들이나 친구, 지인들, 그리고 친인척들이 먼저였던 지난날의 내 자신에 대한 회한과 반성에 집사람 앞에만 서면 부끄럽기 짝이 없다.

왜 아내에게, 그리고 아이들에게 충실하지 못하고, 정도 제대로 주지 못했는지 가족이 함께했던 순간의 기억들이 희미해질 때면 가족들에게 미안한 마음뿐이다.

내 아내, 너무도 사랑하는 정재엽 여사에게 정말 미안하고, 진심으로 존경하고 사랑하는 당신이 이생을 다할 때까지 있는 힘을 다하여 늦었지만, 당신만을 위해 살아가겠다는 약속을 하며 부끄러운 이 글을 마친다.

2023년 11월에
정재엽의 남편이자
규필, 미현, 미경, 미정, 규선 다섯 남매의 아버지
김학영

金鶴永이 걸어온 길

1935년 11월 15일생
전라북도 순창 출생

學歷
1950	순창서국민학교(현 순창초등학교) 39회 졸업
1953년 2월	순창중학교 2회 졸업
1957년 2월	동국무선고등학교 (현 광운전자공업고등학교) 5회 졸업
1962년 2월	정치대학 (현 건국대학교) 법정대학 법학과 졸업

經歷
1955년 3월	三江建設株式會社 입사
1958년 10월	삼강건설주식회사 퇴사
1958년 11월 18일	논산 훈련소 입소
1960년 1월	육군 25사단 제대
1962년 3월	大都實業株式會社 입사 (총무과장, 상무이사, 전무이사까지 승진)
1963년 9월 17일	건설부 토목 기술자 시험 합격
1969년 11월	新豊建設産業株式會社 근무(동업자, 전무이사 및 부사장)
1996년 10월	신풍건설산업주식회사 퇴사
1997년 1월	광성진흥건설주식회사 대표이사 취임
2012년 8월	㈜한마음 이주공사 회장

社會活動
1994년 7월 10일	재경 풍산면 향우회 초대회장
1994년 8월	재경 순창군 향우회 부회장
1996년 5월 12일	재경 풍산면 향우회 2대 회장
1997년 4월	순창군 향우회 제 12대 회장

아흔 살 이제야 답을 찾다

초판인쇄 | 2023년 12월 24일
초판발행 | 2023년 12월 24일

지 은 이 | 김학영
편   집 | 정갑수
펴 낸 이 | 강완구
펴 낸 곳 | 써네스트
브 랜 드 | 열린세상
주   소 | 서울시 마포구 망원로94, 2층
전   화 | 02-332-9384
팩   스 | 0303-0006-9384
전자우편 | openscience@hanmail.net
ISBN 979-11-90631-82-2 (03810)

열린세상은 써네스트 출판사의 생활·문화 브랜드입니다.